馔

伟大的音乐家

贝多芬传

[日] 日野圆 著　林依莉 译

SPM 南方传媒　广东人民出版社
·广州·

图书在版编目（CIP）数据

贝多芬传 /（日）日野圆著；林依莉译. -- 广州：广东人民出版社，2025.7. --（伟大的音乐家）.
ISBN 978-7-218-18257-5

Ⅰ．I313.45

中国国家版本馆 CIP 数据核字第 20255NW578 号

著作权合同登记号　图字：19-2024-260号

音楽家の伝記 はじめに読む1冊 ベートーヴェン, Originally published in Japan in 2019 by Yamaha Music Entertainment Holdings, Inc. and authorized to translate to Chinese language through Copyright Agency of China Ltd., Beijing.
Copyright© by Yamaha Music Entertainment Holdings, Inc.

本书中文简体版专有版权经由中华版权服务有限公司授予北京创美时代国际文化传播有限公司。

BEIDUOFEN ZHUAN
贝多芬传

［日］日野圆　著　林依莉　译　　　　　　　版权所有　翻印必究

出 版 人：肖风华

责任编辑：吴福顺
责任技编：吴彦斌　赖远军

出版发行：广东人民出版社
地　　址：广州市越秀区大沙头四马路10号（邮政编码：510199）
电　　话：（020）85716809（总编室）
传　　真：（020）83289585
网　　址：https://www.gdpph.com
印　　刷：三河市龙大印装有限公司
开　　本：880毫米 × 1230毫米　1/32
印　　张：8　　　　字　　数：131千
版　　次：2025年7月第1版
印　　次：2025年7月第1次印刷
定　　价：45.00元

如发现印装质量问题，影响阅读，请与出版社（020-87712513）联系调换。
售书热线：（020）87717307

如何用音乐来表现这种人类之爱的理念呢？光靠管弦乐团，真的能传达出这个内容吗？——不，那是非常困难的。语言是必需的。但是，至今为止，交响曲中还没有加入唱段的先例。这会打破常规。但是，但是……有没有能像乐器一样使用人声的方法呢？有没有能把独唱或合唱用得像管弦乐团中的乐器独奏或合奏的方法？总之，无论如何，这首交响曲都需要语言。

目 录

001 序 章

013 第一章 海利根施塔特遗书（上）

029 第二章 海利根施塔特遗书（下）

047 第三章 对拿破仑的狂热崇拜

071 第四章 热情的岁月

091 第五章 三个赞助人

115 第六章 最后的结婚计划

135 第七章 与歌德的会面

157 第八章 突然成了父亲

179 第九章 《第九交响曲》

203 第十章 暴风雨结束了

229 参考文献

231 后　记

239 贝多芬的人生轨迹与历史事件

245 入门曲目推荐

序　章

"今天教堂的钟怎么没响呢？它不响，我总觉得不太自在。因为……"

贝多芬说到一半，突然住了嘴。他看到了。

大家面面相觑。他们脸上浮现出了悲痛的表情！

那天早上，海利根施塔特的天空少有地晴朗，万里无云。

10月刚刚开始，平常这个时候，太阳总是稍微露个脸就不见了，随后乌云低垂，开启寒冷的一天。

——今天，里斯要带阿塔利亚出版社的人过来……

连衣服也没换的贝多芬蜷缩在被窝里想起了这件事，一时郁闷了起来。

——好不容易才躲到了乡下,为什么还非得要见那些人呢?出版的事情我都已经交给卡尔了,他们找卡尔去说就行了啊。话说回来,出版社为了都定好了的作品还特地跑来这么远的地方,太奇怪了。肯定是在打什么算盘。那些家伙在花言巧语骗取乐谱方面可是天才。啊,真烦人啊,要见这么卑鄙的家伙。我已经下定决心,在这里只见里斯一个人。除了里斯,只有我弟弟可以来这里。明明都跟他们说清楚了,还执意要来。厚颜无耻,讨人厌的家伙。只能快点把他们赶走了。

贝多芬皱着眉头起了床,看见明亮的阳光从窗户透进来,于是站起来走到窗户旁边,把身子探出窗外张望。

树荫间隙的阳光亮晶晶的,照耀着贝多芬的眼睛。这半年来已经看惯了的杂草丛生的农家后院,今早看起来却风景如画。树林掩映中,教堂的尖塔也在晨曦里清晰可见。

——噢,好耀眼!这样的太阳已经多久没见了呢?简直像夏日的太阳重返人间了一样!今天村里的人一定很有干劲,葡萄、苹果一定都很喜悦吧。

先前的不悦一扫而光,贝多芬已经完全开朗了起来。他心情好的时候总是习惯这样把两手背在身后,一边眺望窗外一边轻轻点头。过了一会儿,他发觉今天早上好像有什么地

当时海利根施塔特的风景

海利根施塔特的教堂

方和平时不一样，歪着头疑惑了起来。

——好奇怪啊，今天好像缺了点什么……啊对了，是教堂的钟没有响。

他心想，不过也许是因为今天有什么特别的活动吧，那样就可以理解了。要不然，肯定就是敲钟人看天气这么好出去溜达了。

今天早上的太阳就是有着让他这么想的特殊魅力。

临近正午，里斯带着阿塔利亚出版社的人从维也纳乘坐马车来到了村里。在旅馆前的停车场上意外遇上贝多芬，让他吓了一跳。

"老师！您怎么亲自过来了呀？"

贝多芬没有回答他，以难得一见的开心模样走近两人，用响彻四周的大嗓门和他们打了招呼："哎呀，里斯！还有阿塔利亚的头儿，你们好啊！我得先跟二位说一声，我来这里可不是特地迎接你们的，别误会。在这里碰上你们纯属偶然啊，纯属偶然。你们看，多好的日头！这么好的天气，我怎么可能在昏暗的房间里等无关紧要的人来商量事情呢？哈哈哈。上午我可是走了好几座山丘和山谷，好好地接受了大自然的洗礼呢。"

"那老师您上午还没有去泡温泉吗？"

里斯了解贝多芬每天的安排,听说老师没有遵循医嘱去进行温泉治疗,担心地问道。贝多芬忽略了他这句话,不拘礼节地握住了阿塔利亚出版社领导的手,然后用闲着的左手拍了拍他的肩膀,接着说道:"很明显,您是打着从我手里骗走那首弦乐五重奏[1]的算盘来的。不过我已经和某个出版社签订暂定合同了,这个我要先和你说清楚。不过,毕竟正式合同还没有签,所以也听听你们这边怎么说。总之,别有太大期待。但是你都这么大老远过来了,咱们三个人先吃顿午饭吧。和饿着肚子的人谈生意可是要吃亏的哦。"

贝多芬一口气说完这些话,就自顾自地走进了旅馆的餐厅。里斯看着大步走在前头的贝多芬和无可奈何跟在他身后的出版商,在心里大笑了一通。

——原来如此。老师可是高明多了。现在去吃午餐的话,阿塔利亚出版社的人自然而然就得请客。如果生意谈崩了再去吃饭,可就没这样的好事了。

贝多芬饱餐了一顿他喜欢的鱼肉、蘑菇等佳肴,还大口大口地喝着旅馆特制的高度红酒。里斯见他这样,也不顾旁人在场,提醒他说:"老师,您喝那么多没问题吗?您还要

---

[1] 弦乐五重奏:五把弦乐器(两把小提琴、两把中提琴、一把大提琴)的合奏曲。

30多岁的贝多芬

费迪南德·里斯

去泡温泉呢，到时候又得肚子疼了。"

"你说什么，里斯？"贝多芬让里斯重复了一遍，然后用豪爽的笑声将他的担心一扫而空，"哈哈哈，你别担心这些了，跟小姑娘似的。感谢你关心我，不过这两三天我的肚子可一直好着呢。这里的温泉可能挺适合我的体质吧。上一个医生整天让我吃保养肠胃的药，谢天谢地，真是一点作用也没有。现在这位施密特博士比他强了不知道多少倍，是位明智的医生。只要继续好转，说不定我很快就能回维也纳了。"

里斯没有再接着提醒贝多芬。并不是因为老师的话消除了他的担心，而是因为他知道，如果再继续拂逆老师的意思，贝多芬马上就要不高兴了。

而且，里斯今天很高兴看到贝多芬这么开心。自从上周散步之后两人分别以来，贝多芬阴暗的表情就一直在他脑海里挥之不去。

贝多芬一边用近乎嚷嚷的声音说着话，一边慢悠悠地吃饱喝足，接着他又提出和大家一起在村子里散步消食。

"要聊天随时都有机会聊，可是秋天的太阳已经欣赏不了几天了。"

既然贝多芬都这么说了，另外两个人又怎么好拒绝呢？

三个人出了旅馆，优哉游哉地向教堂走去。

教堂前的公园里，地上已经铺满了一层金黄的落叶，与那些一整个冬天都披着绿衣的树木交相辉映。

"真是舒服的一天啊！这样的日子，已经半年都没有过了。一切都在发光，一切都在歌唱。这片落叶也是，那个树梢也是。这是秋天的和声。"

贝多芬自顾自兴奋地捡着落叶哼着歌，绕公园转了一圈，接着又说要去山上，走到了教堂边上。随后，他像是想起了什么，抬头看着尖塔，疑惑地歪了歪头。

"老师，怎么了？"

里斯看贝多芬一直盯着尖塔，感到很奇怪，凑到他耳边问道。

"哎呀……从今天早上开始我就一直觉得很奇怪。啊，刚好神父来了，问问他吧。"

贝多芬朝着迎面而来的神父和一群村民走了过去，也没打招呼，直接就抛出了不满的提问：

"今天教堂的钟怎么没响呢？发生什么了吗？可是，它不响，我总觉得不太自在。因为我的手表……"

贝多芬说到一半，突然住了嘴。

他看到了。

神父、村民们，还有已经走到自己身边的里斯和阿塔利亚出版社的领导,一时间面面相觑。

他们脸上浮现出了悲痛的表情!

他看到了。

在那一瞬,所有人的脸上都浮现出了悲痛的表情,仿佛在看一个将死之人一样!

——原来钟一直在响!教堂的钟从早上开始就一直在响!

贝多芬感觉全身的血液都凝结了。只见他脸色发青,徒劳地张了张嘴,试图说些什么,可是从他口中发出的只有悲痛的呻吟,仿佛被箭射中的野兽一般。

——蠢货!怎么会有人愚蠢到这个地步,竟然主动把自己的秘密暴露在别人面前。而且偏偏是在这么多人面前!啊,蠢货,傻子!

贝多芬已经不记得在那之后自己是怎么变成了独自一人的。回过神来的时候,他已经徘徊在山中了。秋天白昼短,太阳早已落山,周遭寒冷得让人发抖。讽刺的是,到了这个时候,他的耳朵反倒听到了远处教堂传来的钟声。每隔15分钟报一次时的教堂钟声……

贝多芬的耳朵有的时候能听见,有的时候听不见。根据声音的高低、种类不同,听到的程度也不一样。听别人说话也状况各异,小孩子高亢的声音,还有像里斯这种年轻人的响亮嗓音,他能听得比较清楚,但如果是男性沙哑的嗓音和女中音,不管他凑得多近都听不清。

但是,一直以来,他从来没有过听不到那个教堂的钟声的时候!

就是因为这样,贝多芬才会疏忽大意,在那么多人面前说了那样愚蠢的话,暴露了自己的耳朵听不见声音这件事。

"蠢货!傻子!耳朵听不见的作曲家,死了算了!"

贝多芬朝着黑魆魆的山峰,用最大的声音嘶吼。

山谷的回声原原本本地把这句话还给了他。不幸的是,这个回声正巧在贝多芬的听力范围里。

贝多芬仿佛发疯的野兽一般撞向树木和岩石,折磨自己的身体。

——啊,蠢货!我做了多么愚蠢的事情啊。明明就是为了掩盖自己听不到声音的事情才逃到这个村子来的。明明之前都好歹隐瞒下来了。偏偏……偏偏还是在维也纳来的出版社的人面前!完了,彻底完了!耳朵的事情要是被人知道了,就再也不会有人买我的曲子了!这是自然的,耳朵听不见的作曲家,谁也不会放在眼里。我已经和入土之人没有什么区别了。

贝多芬跪倒在地,从铺满地面的落叶中抓了一把。

一切都是短暂秋日的错,都是这些沐浴在太阳底下金光闪闪的枯叶的错。

贝多芬沉醉于晴朗的天气和本地的美酒，把平常的小心翼翼完全扔到了脑后。

贝多芬流着眼泪，把可恨的落叶捡起来抛走，地上的落叶没有了他就换个地方，重复着相同的动作。

渐渐地，晚风吹过树丛，山丘开始被银白的月光所笼罩。这个时候，贝多芬茫然地蹲在了地上。

里斯一直待在普罗布斯街贝多芬借住的农家的二楼，等着老师回来。

"哎呀……原来是这样，虽然也有所耳闻，但是，真让人同情啊！"在贝多芬发狂一般地叫嚷着往山里走去之后，目睹此事的阿塔利亚出版社的人低着头喃喃自语道，随后就匆匆回维也纳去了。

——到了明天，整个维也纳的人就都会知道老师失聪的事情了吧……

里斯回想起这一年多来贝多芬的拼死努力和令人见之落泪的谨小慎微，感觉胸口仿佛被揪住了一般。

尽管贝多芬那样努力，实际上，不管是里斯或是贝多芬的弟弟，还有赞助贝多芬的贵族，都已经发现贝多芬的耳朵开始听不见了。只要看到他用那么大的音量弹琴，看到他被人搭话却屡屡没有反应，谁都会察觉贝多芬的耳朵发生了些什么。

然而，贝多芬本人却拼命地隐瞒这件事。看他这样，谁又能够对他说出"我们已经知道了"这句话？

不过，一直以来只有少数人知道并保守着这个秘密。其他人就算偶尔看到贝多芬奇怪的举动，也会自行解释为"他那个人就是那么奇怪"。

——老师最担心的，应该是他的作曲能力会被人质疑吧。就算人气因此下滑一段时日，老师杰出的天赋也足以让他轻而易举地克服这些困难。啊……话虽如此，究竟为什么会发生这样的悲剧呢？上周牧场的笛声因为离得远又微弱，听不见也不奇怪，可是才过去一个星期，怎么就恶化到连这么响亮的钟声都听不见的程度了呢？

里斯一动不动地待了好几个小时，牵挂着贝多芬的痛苦，担心着他的身体，不停地思考着等他回来了应该对他说些什么。

终于，里斯意识到，只要自己还在这里待着，老师就算想回也回不来。对现在的贝多芬来说，再没有什么比怜悯和安慰能伤他更深的了。

今晚先回旅馆，明天再来吧。

里斯拖着沉重的步伐，回到了和贝多芬一起吃午饭的旅馆……

CHAPTER 1 第一章

海利根施塔特遗书（上）

干脆死了算了。死了就能摆脱这悲惨的生活。

可是,默默死去也太悲惨了。

误会还没有澄清,不能就这样死掉。

贝多芬拿出便笺,握着羽毛笔,鼓起劲写起了遗书。

贝多芬回到普罗布斯街的家时，已经是拂晓时分。

他浑身都是枯叶和泥土，不过好歹还是恢复了一点冷静，小心翼翼不让人看到自己。

——最好不要见人了。不论是谁，肯定都在议论我的耳朵，嘲笑我。

难过的贝多芬在心里断定。

他悄悄打开农家的大门，穿过院子，踮着脚走上尽头处的石阶，溜进了自己的房子。一进房子，他就给房门牢牢挂上了两道锁。

他转过头，看着自己的房子。这个小屋仅用帘子分隔成三个并排的房间，分别是厨房、卧室和工作室。房子仿佛冬眠中的熊的洞穴一样，阴暗、狭窄又有点脏乱，到处堆积着衣服、餐盘和五线谱。早上他毫不留恋地离开了这个房子，然而对现在的贝多芬来说，它看起来是多么安全的地方啊。

走累了，哭倦了，痛苦到极致的贝多芬就这样躺倒在床上，昏睡了过去。

早上里斯过来大声地敲了好几次房门，喊了好几次老师的名字，然而紧锁的房门一次也没有打开。

傍晚，贝多芬终于从睡梦中醒来，他马上习惯性地走到

贝多芬投宿过的农家小院

窗边往外看。

熟悉的教堂尖塔一下子映入了他的眼帘。一瞬间，所有的痛苦再次涌上心头，他感觉心脏好像要裂开了一样。

"完了……完了……完了……"

贝多芬揪着自己的头发，在狭窄的房间里疯狂地走来走去。

餐盘掉了，椅子倒了，乐谱散落一地。贝多芬踩着这些东西来来回回地走。

——一直以来的努力，全都泡汤了。此时此刻，我的竞争对手肯定都高兴得跳起舞来了吧？枉我那么努力地避人耳目，假装讨厌人，忍受着孤独又凄惨的生活——我一直是很想见人的，却拼命克制住了自己的冲动，这些努力也都白费了。啊，我太不幸了。世界上所有的生物里，我是最不幸的一个。我受不住了。这次我实在受不住了。

贝多芬使出双手的所有力量敲打钢琴键盘，一下又一下，好像要把琴弦都砸断一样。

受到这个声音的刺激，贝多芬的耳朵又隐隐约约地传来了嘶哑的响动。

他自从 6 年前开始有耳鸣以来，病情一直逐渐加深。

为了治好耳鸣，他不知道看过多少医生，接受过多少治疗！当所有治疗都以失败告终之后，他只主动向两个人透露了自己耳朵的秘密。

一个是他从小到大的朋友、现在成了医生的弗兰茨·韦格勒（Franz Gerhard Wegeler），另一个是他到维也纳不久就结为好友的小提琴家卡尔·阿曼达（Carl Friedrich Amenda）。他向韦格勒寻求治疗方面的帮助，向阿曼达则寻求心灵上的支持。

根据他们二人的建议，以及他的新任主治医生施密特博士的指示，贝多芬躲进了海利根施塔特的村子里，用温泉治疗可能是他耳鸣原因的肠胃旧疾，尽可能地过着让耳朵舒服的生活。

偏偏是在这海利根施塔特，他知道了耳朵的情况已经恶化到令人绝望的程度，真是造化弄人啊！

"干脆死了算了，死了就能摆脱这悲惨的生活。事到如今，只有死能给予我休息与平和了。因为我已经绝对没有可能再变得幸福健康了。"

贝多芬把长久以来埋在心里的想法清清楚楚地说了出来。反正，这一天终究要来的，没有谁能抵挡。

这样，也就可以彻底地与长久以来的痛苦说声"再见"了。

——可是，默默死去也太悲惨了。那样的话，大家应该只会觉得，这个奇怪的人到最后还是用奇怪的方式结束了自己的人生吧。不可以，至少不可以在误会还没有澄清时就死掉。

大家也必须知道我经受了这样的痛苦，至少得让我的弟弟们知道真相。

贝多芬从钢琴椅上站了起来，走到窗边的桌子前，把桌上凌乱的写到一半的五线谱粗暴地扫到地上，从抽屉里抓了一张便笺，展开来。

贝多芬重重地坐到椅子上，握着羽毛笔，鼓起劲写起了遗书。

"写给我的弟弟卡尔和约翰·贝多芬。"
——这是遗书，这是遗书啊！我现在是在写遗书呢！
贝多芬为这一自发的举动激动了起来。
事到如今，我该做什么已经很清楚了。只要把想说的话全部写下来就好了。

哎，你们啊，你们对我这个哥哥，长期以来是多么不友善，多么苛刻啊！本来你们应该是最理解我这个哥哥的人。可是，你们两个偏偏都认为我是个冥顽不化、愤世嫉俗、心怀恶意的人，还到处向别人这样宣扬。

刚写下第一句话，贝多芬眼前就仿佛走马灯一般，闪过了一幕幕悲伤痛苦的回忆。其中最鲜明的一幕，就是前不久卡尔到访海利根施塔特的时候他们的激烈争吵，以及随后的相互殴打。对弟弟们的怨恨顿时涌上贝多芬的心头，羽毛笔被他写得笔头都快断了。

卡尔啊，你做了可悲可耻的事情，却不当回事。你利用了作为我的代理人的身份便利，试图擅自把我的三首钢琴奏鸣曲[1]卖给莱比锡的出版社。那几首作品我已经答应了要卖给苏黎世的出版社了。你知道你这样的举动对我的名声会有多大的损害吗？不，比这更重要的是，你作为我的弟弟做出这样可耻的事情，实在不可原谅。为了这件事情，我严厉地批评了你，还无心出手打了你，这都是为了教育你。也许你因此记恨在心，之后再也没有来看望过我这个哥哥。你甚至夸大其词，倒打一耙，到处告诉别人说是我喜怒无常、贪得无厌。罢了，你就是一个忘恩负义的坏弟弟。等我死了，你一定会因为后悔而不得安宁的。约翰啊，说到忘恩负义，你比卡尔更胜一筹。我把你们叫到维也纳，资助你们金钱，让你们能够生存下来，可是

---

[1] 钢琴奏鸣曲：钢琴独奏曲，一般有3~4个乐章。

你从来没有为此说过一句感谢我的话，因为这是哥哥应该做的事情。可是，在我这个哥哥有难的时候，你又是什么态度呢？就为了我向你借的那一点钱，你指责了我多少次啊！约翰啊，你已经沦为金钱的奴隶了吗？可悲啊，卑劣的本性！

——不，这不对。我想写的不是这样怨天尤人的东西。这样写，人家会以为我是为了报复弟弟们才自杀的。这也是误会。而且，我对弟弟们不是只有怨恨。对于他们给予我的帮助，我也心怀感谢。特别是卡尔。这一年多以来，如果没有他的帮助，和出版社的沟通也不会这么顺利……不行，我得重新写。我也应该考虑考虑生者的悲痛。

贝多芬没有再读一遍他用潦草字体胡乱写下的内容，就把便笺撕掉，换了一张新的。

我的弟弟们：

哎，你们啊，你们一直以来都对我有误解。我不是你们想的那样冥顽不化、愤世嫉俗的人。你们回想一下，回想一下你们的哥哥年轻时在波恩的生活。那时我悠闲自在地和人往来、交谈，结识了很多朋友，也受到了大家的爱戴。

——是啊,我其实是个平易近人、性格开朗的人啊。啊,布罗伊宁夫人,每当我心情不好的时候,你总是这么安慰我。斯蒂芬(Stephan Breuning),你很快就把我当作了知心好友。还有埃莱奥诺雷(Eleonore Breuning),我尊敬的真正的朋友啊,你为我织的兔毛背心令我多么开心、多么幸福啊!布罗伊宁一家接纳我,好像我也是家里的一分子,让我自由自在地享受了各种各样的事情。

贝多芬紧闭的嘴唇稍稍舒缓了一些。

这是他在波恩的青春时代里的一段幸福时光。

一切都是因为布罗伊宁一家友好而温暖地接待了他。这一家人自由、文明的家风极大地丰富了贝多芬的教养,也改变了他的性格。贝多芬日复一日地出入这个家,晚上也在这里过夜。这也是因为他想离开自己的家。

贝多芬对自己的家没有一丁点美好的回忆。第一,母亲从来没有向他展露过笑容。也许是因为他有一个酗酒、暴躁、没有自理能力的父亲吧,母亲从一开始就对婚姻生活不抱任何期望。从来没有笑过的母亲在他16岁时就因为肺结核去世了,从此以后,贝多芬就照顾着比自己小4岁的弟弟卡尔和小6岁的弟弟约翰,代替他的酒鬼父亲成为一家之主。当醉酒的父亲被警察抓起来的时候,也是他拼命为父亲辩护。

——如果没有遇到布罗伊宁一家,我或许会变成母亲那样笑不出来的人吧。幸运的是，布罗伊宁夫人让我想起了自己原来的性格。是啊，我原本是性格开朗、擅长交际的人啊。待人友善，也希望别人友善待我，我曾经是如此正常的人啊！可是……可是……因为耳朵的疾病6年前开始发作，我就一直被人误解，被当作不好相处、愤世嫉俗的人。

可是，面对别人的时候，我的耳朵是有障碍的。我听不见。"请说得大声一点"，"请喊着对我说"，这样的话我怎么说得出口呢？你们想想看，我比谁都需要一双健全的耳朵，却有了残疾，这样的事情我怎么能让别人知道呢？我害怕和人来往，因为害怕这件事被人知道，我避开人多的地方。我的生活，好多年以来都像是被流放孤岛那样孤独！每当我忍受不住孤独，去到人群里，一定会发生误会。这种时候，我总是会被看作怪人。我只能咬紧嘴唇，因为这双重的痛苦而再次躲藏到孤独之中。哎，弟弟们啊，理解我吧，你们的哥哥是如此不得安宁！

贝多芬仿佛大声叫唤一般写啊写，在心中也呼喊着同样的话语。

他为自己的悲惨遭遇而不停地流着眼泪，克制不住的时

贝多芬父亲约翰　　　　　　　贝多芬母亲玛利亚

候就趴在桌上大声哭泣。等到情绪发泄完之后，再平复心情重新拿起笔。

在这一天到来之前，我本应该更加认真地正视自己耳朵病情的恶化。

事到如今，我就坦白告诉你们吧。

在发生钟楼那件事情大约一周以前，有一件意外的事打击了我。那时，我和里斯在牧场里散步。里斯为了转移我的注意力，告诉我牧羊人在吹笛子。可是我听不见。我拼命努力，竖起耳朵想听笛声。我努力了30分钟。当我告诉里斯我什么都听不见的时候，里斯好像很慌张，改口称应该是他听错了，他也什么都听不见。哎，多么耻辱！多么绝望！我这副身躯，已经必须接受别人的怜悯和安慰了吗？

你们啊，我的弟弟卡尔和约翰啊！我死了以后，你们要和睦相处，互相帮助。我死了以后，你们要帮助世人与我和解。我的愿望就是你们能幸福地过上没有痛苦的生活。

我也感谢我的朋友们，特别是利赫诺夫斯基（Lichnowsky）侯爵和施密特教授。

——还不够,写得远远不够,我还有好多必须感谢的人。我现在能在这里,要感谢瓦尔德施泰因(Waldstein)伯爵,还有我在利赫诺夫斯基侯爵的夜宴上认识的贵族。我还得感谢我的老师们。里斯的父亲也帮助了我,还有奈弗[1]老师,他真正手把手地教会了我作曲的技巧。以及海顿[2]老师,虽然他教我的东西不多,但我也得感谢他。说到这里,那就不得不提萨列里[3]、阿尔布雷希茨贝格[4]、申克[5]、福斯特[6]……可是,这封遗书是写给我的弟弟们的,所以在感谢这些人之前还有一件必须写明的更重要的事情,没错,那就是财产。虽然我

---

[1] 奈弗(Christian Gottlob Neefe,1748—1798),德国萨克森地区的作曲家、指挥、管风琴演奏者。1782年开始在波恩的选帝侯宫廷中担任管风琴演奏者,教过少年贝多芬作曲和管风琴。

[2] 海顿(Franz Joseph Haydn,1732—1809),奥地利大作曲家。在匈牙利大贵族艾斯特哈奇亲王的宫廷担任乐长长达30年。他在欧洲声名远扬,1780年成为独立音乐家后移居维也纳,访问伦敦并大获成功。共创作有104首交响曲,被誉为"交响曲之父"。

[3] 萨列里(Antonio Salieri,1750—1825),意大利作曲家。1788年起在维也纳担任宫廷乐长,也因是贝多芬、舒伯特、李斯特的老师而闻名。

[4] 阿尔布雷希茨贝格(Johann Georg Albrechtsberger,1736—1809),作曲家、教育家。在担任维也纳圣斯蒂芬大教堂乐长的同时,培养了多名弟子。作为贝多芬、胡梅尔的老师而闻名。

[5] 申克(Heinrich Schenk,1753—1836),维也纳作曲家。曾教过贝多芬几个月的对位法(重要作曲方法之一)。

[6] 福斯特(Emanuel Aloys Forster,1748—1823),维也纳作曲家。教过贝多芬室内乐的作曲方法。

也没有什么称得上是财产的东西,但至少利赫诺夫斯基侯爵给我的四重奏[1]乐器,我必须写明要由我的弟弟们继承。还有我的病历,我想借由医生的手,告诉世人我患上了这样不幸的不治之症。我得重新写。这不能算是遗书。太感情用事了,必须写的东西都没写。

贝多芬粗略地看了一眼他疾笔写下的好几张便笺,深深地叹了口气,揉成一团扔掉了。

贝多芬深深地感受到了,像信件、日记那样感情充沛的写法,是写不了遗书的。

近来,他正式的文件都是交给卡尔写的,现在突然自己动笔,便十分费劲。

贝多芬写了又撕,撕了又写,反反复复,一心只想写出满意的遗书。

等他终于写出满意的遗书,已经是10月6日天亮的时候了。

从"钟楼事件"那一天起,已经过去了3天。

---

1 四重奏:四重奏乐曲。弦乐四重奏乐曲是两把小提琴、一把中提琴、一把大提琴的合奏曲。

奈弗 　　　　　　　海顿

萨列里 　　　　　　阿尔布雷希茨贝格

贝多芬
师从过的人　　　　申克

CHAPTER 2 第二章

海利根施塔特遗书（下）

只有艺术挽留了我。

在完成我的使命之前，我不能离开这个世界。

现在，我只能选择忍耐作为人生的向导。

在写遗书的过程中，贝多芬的心由死转生，从绝望转向了希望。

第二章　海利根施塔特遗书（下）

写给我的弟弟卡尔和约翰。

哎，你们啊，你们认定我是一个对人心怀恶意、顽固、愤世嫉俗的人，还到处向别人这样宣扬。这对我是多么不公平啊！你们并不知道，我被看成那样的人背后是有原因的。从小时候起，我就希望成为一个待人亲切友善的人，也一直盼望自己能成就伟大的事业。可是，你们想想看，我患上这个不治之症已经有6年，庸医让我的病情更加严重，年复一年，我对康复的期盼总是落空，终于不得不面对慢性病的事实（今后还要花费数年时间进行治疗，而且也许无法康复）。我天生是一个热情、活跃的人，通过与人交往获得快乐，却不得不早早从那样的生活中抽身，过上孤独的生活。虽然有时候我试图克服所有困难，哎，但因为耳朵不好，我总是一次次悲惨地被双重痛苦打回原形。

可是，我实在没有办法对别人说，我耳朵听不见，请说得再大声一点，请喊给我听。于我而言，耳朵比其他器官更需要保持健全。我曾经为自己拥有健全的耳朵而感到那么骄傲，在有天赋的音乐家之中也少见地健全。现在我怎么能告诉别人它残疾了呢？——哎，我实在做不到。所以，请你们原谅我，在一些应该快乐地与你们相伴的时刻，我却刻意逃避。这种时候我必定会遭到误解，我的不幸加倍地折磨着我。我不能通过与人交谈获得消遣，也不能在简单的对话中愉快地和别人交换意见。除非必须在人群里露面，此外的时间，我都只能像被流放的人一样，在孤独中生活。每当靠近人群的时候，我总是被非同寻常的不安包围，生怕自己耳朵的问题被人发现。

就这样，我在乡下生活了半年。医生建议我尽量不要用耳朵，这和我的想法是一致的，但即便如此，我还是有过几次想与人交往的冲动，也曾没能抵挡住这种诱惑。可是，当站在身边的人听到远处的笛声，而我却什么也听不见的时候，当有人在听牧羊人唱歌，而我却什么也听不见的时候，这是何等屈辱啊！因为这样的事屡屡发生，我绝望了，甚至差点自杀。只是，她——艺术——挽留了我。啊，在完成自己的使命之前，我是不可能离开这个世界的。正因如此，我才会忍受这悲惨的命运，还有悲惨的、很可能因为某个契机立即陷入最坏状态的这具不稳定的身体，忍受着，苟延残喘着。忍耐！没错。现在我只能选择忍耐作为人生的向导。我就是这么过来的。但愿我能保持这份决心,直到无情的命运女神切断我的生命之线为止。不管我会不会好转,我都做好了心理准备。让一个人在28岁就看透人生,并不是一件容易的事,对艺术家来说更是如此。

神啊!请窥探我的内心,那里蕴藏着我对人的爱和行善的志向。

哎,人们啊!等你们读了这封遗书,就会知道你们对我是多么不公正。还有,身处不幸之中的人啊,你要知道,曾有这样一个同处不幸之中的人,为了实现作为艺术家、作为人类的价值,和所有的阻碍战斗,竭尽全力,希望你们能以此为慰藉。

卡尔和约翰啊,我死后,如果施密特博士还健在,就请他写下我的病历,附在这篇手稿之后。这样一来,至少在我死后世人就能与我和解。

现在,我在这里宣布,你们两个人是我为数不多的财产(如果它们可以称为财产的话)的继承人。你们拂逆过我的事情,我早就原谅了。弟弟卡尔啊,感谢你最近对我的照顾。我希望你们能过上比我更幸福、无忧无虑的一生。要用品德教导你们的孩子,只有品德才能带来幸福,而非金钱。这是我的经验之谈。在逆境中激励我的正是品德。我之所以没有以自杀结束自己的一生，也多亏了这品德，以及我的艺术。

感谢所有的朋友，尤其是利赫诺夫斯基侯爵和施密特教授。

那么，再见了。你们要相亲相爱。

利赫诺夫斯基侯爵送给我的乐器，我希望交给你们中的一个。你们两个不要因为这个发生争执。不过，如果它能派上用场的话，马上卖掉也没关系。

即便在九泉之下，知道能对你们有所帮助，我也会很高兴的。如果是这样的话，那我就高兴地奔向死亡吧。如果死亡在我完成使命之前到来，不管现在命运对我多么残酷，我也会怨恨死亡来得太早。我希望死期晚些到来。但是，就算它现在真的到来了，我也很满足，也许这样我会更幸福。比起无尽的苦恼，死亡或许更能拯救我。来吧，任凭你何时到来，我都会迎接你。

再见。在我死后不要忘记我。我生前总是想着你们，希望你们幸福，所以我有资格这样要求你们。

要幸福。

路德维希·凡·贝多芬

海利根施塔特

1802年10月6日

贝多芬把写好的遗书装进信封，在信封上写道：

写给我的弟弟卡尔和约翰

在我死后阅读，并予以执行

然后，贝多芬把遗书放在桌子中央，目不转睛地盯着。

——这就是全部了吗？有没有写漏了的内容呢？是不是写了违心的话呢？

考虑了一会儿，贝多芬下定决心，再次拿出遗书，在"写给我的弟弟卡尔和约翰"的部分，把"约翰"这个名字全涂黑了。

从内心来说，贝多芬完全没有原谅约翰最近的行为。他把约翰叫到维也纳，帮他在药房找了工作，有需要的时候随时都为他提供帮助。可约翰一旦有了自己的积蓄，马上就明显地对哥哥的请求露出厌恶的表情，还装模作样地借钱给他，他不马上还钱，就要对他发火，挖苦。约翰就是这样的弟弟。

——对那种家伙没有什么可说的。等他读这封信的时候，可以好好想想为什么只有自己的名字被抹掉了。

贝多芬等信纸和信封上涂抹的笔迹干了之后，用小刀小心地刮下来，再次将信整整齐齐地收进信封里，并在封口处牢牢地盖上封条。

海利根施塔特遗书（结尾部分）

左下为日期，右下为贝多芬的签名

——这样就面面俱到，不会再落下什么了。

贝多芬把遗书放进只放重要文件的箱子里，对自己说。

但是，贝多芬并没有像这句话听起来那样沮丧。相反，不可思议的是，他的心情变得非常舒畅，好像甩掉了挥之不去的东西，或是突然到了一个开阔的地方。

贝多芬没有注意到遗书中自相矛盾的地方。

他自认为是抱着死的觉悟写下遗书的，但字里行间无处不涌动着对生的执念，仿佛在呼喊"我想活下去，我想活下去，现在还不是死的时候，我肩负的使命还没有完成。我必须活下去，为了自己的艺术，我必须克服任何痛苦活下去……"那种对生的执念，是那么坚定，那么强大，足以让任何死神都夹着尾巴逃跑。

里斯带着请旅店做的料理和面包去了好几次贝多芬的房间。他每次去，房东老夫妇都很担心，十分为难地皱着眉头对他诉苦："发狂的时候还好，可是这两天既听不到声音，也没有任何响动，真是太糟糕了，真伤脑筋。"

在这个村子，贝多芬平日的行为举止让大家都认为他是个难以接近的粗鲁之人，所以房东夫妇无论如何也不会主动靠近贝多芬的房间。

"今天我再试着敲敲门，如果还是不打开，我就把房门砸了。"

里斯表情严肃地告诉闻声出来的房东,然后抱着篮子登上石阶,站到了贝多芬的房间前。

但是,这次他还没敲门,门就从里面打开了。

憔悴不堪的贝多芬站在那里,无言地催促里斯进屋。

"我想老师应该什么都没吃,就让旅馆做了汤和鱼。乱来会伤到身体的,哪怕吃一点点也好。"

里斯斟酌着措辞,迅速地在房间的桌子上摆好盘子,盛上了还温热的饭菜。

从里斯进来的那一刻起,贝多芬就一直把双手背在身后,站在窗边,凝视着窗外。

"老师,老师,请您多少吃点吧。"

里斯几乎要拉着贝多芬的袖子,请求道。

"一会儿吃、一会儿不吃最不好了,像老师这么乱来,不管是谁都会一下子吃坏肚子的。"

"里斯。"

贝多芬终于开口了。眼睛依然望着窗外。

"你知道吗?"

里斯倒吸了一口气,但他马上意识到,再说谎只会伤害老师。

"是的,我知道。"

里斯走到贝多芬耳边回答。这个行为本身就是知道他耳朵的事情的证据。

"什么时候开始的?"

"在您收我为徒后,马上就知道了。"

"是吗?那已经有一年多的时间了。那么,请你如实回答我。上次牧场的笛子,确实是响了吗?"

"是的。"

"你现在说话的声音比平时大吗?"

"是的。"

"有多大?非常大吗?"

"是的。"

贝多芬深呼吸一口,继续发问。

"那么,其他人呢?大家都知道我……我耳朵的事吗?"

"因人而异。有人知道,也有人不知道。不过,老师身边的人大致都……"

"利赫诺夫斯基侯爵也知道吗?"

"是的,应该知道……"

"洛布科维茨侯爵也知道吗?"

"是的,应该知道……"

"兹梅斯卡尔男爵也知道吗?"

"是的。"

"布罗伊宁伯爵呢?弗里斯(Fries)伯爵呢?不伦瑞克

（Brunszvik）伯爵呢？"

贝多芬把自己的赞助人兼贵族朋友们的名字列举了个遍，里斯全都回答了"是的"。

"这样啊。"

贝多芬第一次知道了这个事实，知道的瞬间，他从心底感到可笑。

——这算什么事？原来大家都知道了！原来最可笑的竟是自己！本来以为自己很巧妙地欺骗了别人，但事实反而是别人一直以来装出被骗的样子，安慰着我这个笨拙的小丑，这真是个喜剧！

贝多芬想起人们最近的举止，恍然大悟。

——原来大家靠近我，搀着我的胳膊对我讲话，是为了在我耳边说话吗？原来如此，原来如此。原来大家一直在我耳边大声叫喊啊。

"太可笑了，这是一场闹剧。里斯，这家伙太可笑了，太可笑了，我简直笑得停不下来啊！"

里斯呆呆地看着贝多芬歇斯底里地笑了好一会儿。接着，他以年轻人特有的直率语言，安慰了老师。

"老师，一切都和以前一样，什么都没有变，虽然大家都注意到了，但丝毫不认为老师的音乐会因此受影响。大家都很尊敬老师，想听老师的音乐。"

"我知道了,里斯。"

贝多芬这才转向里斯,伸出右手与他相握。

"总之,谢谢你为我准备饭菜。还有,也感谢你实话实说。那么,再见。"

既然贝多芬这么说,里斯只好回去了。而且似乎确实先回去比较好。

——老师应该有很多事情要思考吧。我是不是说了多余的话?不,就应该如实跟他说的。

里斯不知道贝多芬还写了遗书。但是,作为关心老师的人,直觉告诉他,老师遇到了非常重大的危机,而且是一个人度过的。正因如此,里斯听从了老师的吩咐走出房间,松了半口气,回到了相别几天的维也纳。

海利根施塔特的村庄和往常一样,安静无声地包围着贝多芬。

贝多芬从日出到日落,在山丘、牧场、小河边踱来踱去。

他的心慌乱地在死与生、绝望与希望之间徘徊,但越想死,大自然就越美丽,心中涌起的乐曲构思[1]就越丰富。他不得不时而停下脚步,把此起彼伏的旋律记录在纸上。

给弟弟们写完遗书4天后,贝多芬又写了一封极短的遗书。

---

1 乐曲构思:作曲的灵感。

> 1802年10月10日，于海利根施塔特
>
> 我就此和你告别。虽然很悲伤，是的，那些天真的希望，来到这片土地上至少能康复到一定程度的希望，现在都必须抛弃了。就像秋叶凋零一样，我的希望也全部枯萎了。就像来到这个世界上时一样，我要离开了。就连夏日里激励我的那份勇气，现在也消失了……

贝多芬的眼前浮现出伯爵千金朱丽叶塔（Giulietta Guicciardi）可爱美丽的脸庞。她是贝多芬教了3年的钢琴学生，虽然音乐才华并不出众，但那富有魅力的举止令贝多芬着迷。贝多芬无偿为朱丽叶塔上课，还无偿为她献上了《第十四钢琴奏鸣曲》（《月光》）。

贝多芬曾向好友韦格勒透露过自己热烈的恋情。大约一年前，他在信中坦白了自己的耳疾。

> 她爱我，我也爱她。我已经两年没有经历过这样幸福的瞬间了。这是我第一次觉得自己能结婚，过上幸福生活。然而，遗憾我们身份不同。

对于身处绝望中的贝多芬来说，这段恋情是唯一的

光芒……

那道光芒很快就消失了。他们身份不同，年龄也不相仿。而且，认为自己被爱这件事本身就是贝多芬的误解吧。一个年仅18岁、正值芳华岁月的伯爵小姐，怎么会真心爱上一个30多岁的平民，一个耳朵不好的区区音乐教师贝多芬呢？

贝多芬思念着朱丽叶塔的面容写下了这封简短的遗书，但他既不想亲自交给当事人，也并不想让她看。

这与其说是遗书，不如说是写给恋人的告别信，更是一个手记，让至今仍无法割舍对朱丽叶塔的思念的自己斩断一切留恋。

——必须丢掉所有天真的愿望。如果今后还想继续活着，继续为艺术献身，就必须抛弃我此前对这个世界的所有天真期待。

这次的遗书，也是贝多芬站在人生折返点上向死亡写的诀别之书。

在贝多芬的心中，新的征程已经开始。

随着时间的流逝，贝多芬本已跌入谷底的心，又出现了几缕曙光。

——如果大家都已经知道了我耳朵的事，那事到如今还有什么可害怕的呢？

——这是罪过吗？耳朵听不到是一种罪过吗？可是我心灵的耳朵能听到的音乐比以前更多了。让音乐没有诞生就被埋葬，难道不是更大的罪过吗？

——的确，今后我作为钢琴家的生命力可能会逐渐衰退。但作为作曲家将如何呢？我对作为作曲家的自己很有自信，音乐一直在我的体内燃烧着。

——里斯不是说了吗？和以前一样。只要这不是安抚我的话语，大家就一定还像以前一样喜欢我的音乐。

不管耳朵不好还是眼睛不好，贝多芬就是贝多芬。这就是证据。这一堆草稿[1]就是证据。你看，即使是在这样的苦恼中，我也能创作出这样的大作！

贝多芬的手紧紧抓住了他在海利根施塔特一直创作的《第二交响曲》的乐谱。

即使在那个痛苦的夏天，漫长绝望的秋天，贝多芬依然写出了如此宏大的音乐。

他的灵感越燃越旺，新的小提琴奏鸣曲和钢琴变奏曲[2]的构想不断涌上心头。

贝多芬正在复苏。他内心那坚韧强劲的精神，正挣扎着

---

[1] 草稿：脑海中浮现的乐曲构思的记录。

[2] 变奏曲：将一个主题变化成各种各样的形式反复演奏的曲子。

拒绝一切走向死亡的诱惑。

接下来就是时间问题了。

在海利根施塔特的村子里独自战斗的贝多芬，迎来了孤独的胜利。

这时贝多芬 31 岁。

距离他从出生地波恩来到维也纳，立志成为音乐家，正好过去了 10 年。[1]

---

[1] 遗书中所写的 28 岁，是两年前贝多芬得知自己患有无法治愈的耳疾的时候。尽管如此，还是有一年的差距，这是因为贝多芬误认为自己比实际年龄年轻一岁，其中缘由后面会介绍。

CHAPTER 3 第三章

对拿破仑的狂热崇拜

"拿破仑的伟大之处就在于,他从一个普通的士兵,晋升到那样一支革命军的司令官,而且完全是靠自己的力量。……为了什么?为了民众的自由。"

——他是个伟大的男人。我想像他那样坚强而自由!

贝多芬对拿破仑的感情如此浓烈,以至于为他创作了一首交响曲。

进入 11 月之后，贝多芬即将从海利根施塔特回来的消息传遍了维也纳。

里斯直接从贝多芬那里听说了这件事，告诉了贝多芬的弟弟卡尔。卡尔告诉了贝多芬最亲密的朋友兹梅斯卡尔男爵，兹梅斯卡尔男爵当然又告诉了贝多芬的头号狂热粉丝利赫诺夫斯基侯爵。消息传到侯爵耳中后，没过多久，日夜聚集在他府邸的社交界人士和音乐家就把消息传遍了整个维也纳。

足见贝多芬是多受维也纳爱好音乐的贵族的喜爱和热烈赞美。

这一方面当然也是因为贝多芬强烈的个性，毋庸置疑地俘获了观众的心——在钢琴演奏上，贝多芬被认为是无人能出其右的名家，他的即兴演奏甚至带着神秘的魔力，总能紧紧抓住听众的心。但是，光凭这样的才能，是绝对吸引不来这么多赞美者的吧。

更何况，贝多芬离社交界成功的绝对条件"英俊"可差远了。

他个子非常矮——还不到一米六，头异常大，脖子特别短。皮肤黝黑，满是麻子，眼神昏暗，眼睛又小。

这样不好看的外表加上易怒的性格、傲慢的态度，只教了贝多芬一年的老师海顿,给这个顽固、自作主张、有些自大的弟子起了个"蒙古大王"的绰号,也不无道理。

而且他还是个平民,家世贫穷。

他没有莫扎特[1]那样的神童名声和经历。

在这样不利的条件下,贝多芬却在来到维也纳还不到一年时就被允许出入社交场所,得到了许多贵族的资助,贵族夫人和小姐们也争相请他做钢琴教师——因为这里是维也纳。

在维也纳,音乐在所有人心里都占有不可动摇的地位。

维也纳人认为,在人们从事的所有工作中,音乐家是最好的职业。这里的王公贵族都热爱音乐,但他们不会以此为职业,因为"音乐"自古以来就被认为是"平民"的工作。与此同时,他们把音乐作为最高的爱好。无论是皇帝、公主,还是地位显赫的贵族,每天都要练习好几个小时的音乐,所以演奏水准堪比专业人士的贵族在维也纳随处可见。其中,有钱的贵族有自己的管弦乐团[2],不那么有钱的人雇有四重奏、

---

[1] 莫扎特(Wolfgang Amadeus Mozart,1756—1791):出生于萨尔茨堡(今属奥地利),天才作曲家,作品超过600首,涉及所有类型。作为神童在欧洲备受推崇,但25岁在维也纳独立后过着极其贫困的生活。比贝多芬大14岁。

[2] 管弦乐团:管弦乐团现在一般编制在100人左右,贝多芬时代一般在20至40人,大部分管弦乐团都是王公贵族雇用的。

三重奏¹演奏者或是小提琴家和钢琴家。与自己雇用的音乐家一起演奏也是贵族的一大乐趣。

对音乐的喜爱，市民们也毫不逊色。几乎所有的人都会弹奏乐器，会读乐谱，更在行的人甚至能读总谱²。

在维也纳，不懂音乐的人一定会感到非常孤独吧。

贝多芬出现在这样的维也纳——贵族和平民都拥有随处察觉音乐才华的耳朵，等待着继海顿和莫扎特之后的新天才出现。贝多芬怎么可能不被认可呢？

贝多芬成功的另一个原因，在于他的登场方式。

贝多芬在即将年满22岁的1792年11月，从当时工作的波恩选帝侯³的宫廷获得了一笔去维也纳留学的学费。一个初出茅庐、不甚起眼的青年，无论多么有音乐才能，也不可能轻易进入贵族社会。实际上，11年前从萨尔茨堡出来的莫扎特就拼命四处寻找贵族赞助人，但几乎找不到什么人，就这样在面包钱和柴火钱都没有的生活中离世了。

那是贝多芬来到维也纳仅仅一年前的事，如果莫扎特还活着，贝多芬做的第一件事就是去拜他为师，而不是选择年

---

1 三重奏：三种乐器的合奏曲。代表性的组合是钢琴、小提琴、大提琴组成钢琴三重奏。

2 总谱：包含管弦乐和合唱曲等所有声部的乐谱。

3 选帝侯：拥有选举德意志帝国皇帝资格的诸侯。

过六十、已经没有力气教学生的老海顿……

与莫扎特相比,贝多芬的压倒性优势是拥有写给众多贵族的介绍信。

写这封介绍信的人,是波恩选帝侯的朋友,也是贝多芬在波恩的第一个赞助人——瓦尔德施泰因伯爵。其实,劝选帝侯送贝多芬去维也纳留学,以及为他提供学费的,都是这位比贝多芬大8岁的贵族。

瓦尔德施泰因伯爵的介绍信很有效果。贝多芬拿着它去拜访了兹梅斯卡尔男爵、洛布科维茨侯爵、利赫诺夫斯基侯爵、布罗伊宁伯爵、弗里斯伯爵、艾什泰哈齐(Esterházy)侯爵、不伦瑞克伯爵,还有其他住在维也纳的奥地利人及周边国家的大贵族的府邸,各种音乐沙龙的大门都顺利地为他敞开了。

这些贵族不是和瓦尔德施泰因伯爵有亲戚关系,就是他非常亲密的朋友,在维也纳的贵族中,他们也是尤其拥有权力的人。

这些有影响力的人都主动成为贝多芬的赞助人,所以贝多芬能收获连他的老师海顿都要嫉妒的辉煌成功,也就不足为奇了。

但是,促使贝多芬成功的决定性条件,还包括正从18世纪向19世纪过渡的那个时代。

与这难以撼动的条件相比,维也纳人对音乐的喜好、瓦尔

贝多芬 17 岁时访问维也纳，在莫扎特面前进行了演奏（此图描绘了当时的场景）。然而因为母亲突发急病，他赶回了波恩。

德施泰因伯爵的介绍信都像月亮在太阳面前一样黯然失色了。

这个世纪之交,对贝多芬来说着实起了重要的作用。如果没有这一时期发生的种种事件,就算是贝多芬这样的人,也不能如此自由自在,随心所欲。

第一个事件是发生在 1789 年的法国大革命[1]。

当时 18 岁的贝多芬还在波恩选帝侯的宫廷里,弹着管风琴、钢琴和小提琴,代替酗酒的父亲作为全家的顶梁柱。他每天上班的波恩宫廷,还有从波恩坐马车不到一小时就能到达的布吕尔的离宫,既豪华又美丽,是贝多芬一家租住的小房子所无法比拟的。

在这样的环境中,贝多芬听说在遥远的法国发生了大革命的消息时,是否对自己生活中的不平等和不幸感到愤怒呢?

不,这时贝多芬还在勤勉学习,为了获得小时候没有接受过的普通教育,他把所有的精力都倾注于去波恩大学听课、和朋友们讨论艺术上。

在此期间,法国大革命愈演愈烈,市民组成了军队和议会,在革命领导人的号召下,愤怒的群众把法国国王路易十六和

---

[1] 法国大革命:1789—1799 年发生在法国的革命,是一次旨在推翻封建贵族统治,为民众创造宜居、民主社会的市民革命,影响了整个欧洲。

从奥地利宫廷远嫁而来的玛丽·安托瓦内特送上了断头台。

1793年，可怜的玛丽·安托瓦内特在巴黎的断头台香消玉殒，那时贝多芬刚到维也纳留学不久。

贵族开始意识到了：轻视平民的后果是可怕的。

当时，革命军中突然冒出了"战争和政治天才"拿破仑·波拿巴[1]，他向所有与法国对抗的国家发起了战争，无往不胜。奥地利也与法国交战两次，两次都输了，被分割了领土。战争的法军指挥官就是普通士兵出身的拿破仑。

"即便是平民，也有可能取得凌驾于自己之上的权力。"这种想法在贵族心中生根发芽。

当然，巴黎和维也纳的情况不同。维也纳市民憎恨野蛮的革命，并以生活在优秀的王公贵族之下为荣。如果维也纳要革命，那也必须在"和平与和谐"中进行。

而且，维也纳大概不会发生革命。在这里，王侯与市民本来关系就很和睦。

在这种情况下，维也纳的贵族虽然并不惧怕市民，但他们敏锐地意识到，贵族称王、平民臣服的时代将要结束。

法国大革命之后没过几年，世人的观点就发生了如此大

---

1 拿破仑·波拿巴（Napoléon Bonaparte，1769—1821）：法国皇帝（1804—1815年在位）。乘法国大革命之机建立了中央集权国家的战争和政治天才。

率领军队越过阿尔卑斯山的拿破仑

的变化。

贝多芬刚好在这个时代登场，几年前对莫扎特还那么冷漠的贵族突然一反常态对贝多芬报以热烈的欢迎，正是法国大革命及其时代背景的功劳。

特别喜欢音乐的维也纳，瓦尔德施泰因伯爵写给住在那里的显赫贵族的介绍信，还有法国大革命后的时代。这三个条件，决定了贝多芬在贵族社会中的成功。

久别的维也纳充满了生机活力。

天空阴沉沉的，寒风刺骨，却有很多马车来来往往，脸色红润的人们穿着厚衣服在街上走来走去，谈笑风生。

——活着真是一件了不起的事啊！这些人也有烦恼吧，其中或许有人烦恼得要死，但看上去很幸福。为了生存下去，也许每天都需要被生活压迫。

贝多芬从马车车窗向外眺望，感到自己早已融入了城市，成为其中的一员。穿过环绕城市的城墙，越接近市中心，人就越多，贝多芬的精神也渐渐恢复了。

——在海利根施塔特太孤独了。那时，我以为自己得了耳疾就需要一个人待着，但一个人待着，即使并非出于本意也会陷入沉思，不知不觉就会心情灰暗。过于孤独对我来说是危险的事情。从今以后，要努力社交。

当时的维也纳远景

当时的维也纳市中心

贝多芬一个小时前还在海利根施塔特的农家，现在想起来仿佛是很久以前的事情了。他把自己烦恼的躯壳留在了那个农家。

马车停在了城市中央的彼得广场上。

在搬到海利根施塔特之前，贝多芬在广场一角建筑物的二楼租了一个房间。

"太糟糕了！"

贝多芬站在家门口大叫了一声，走进屋里从窗户望出去，又把同样的话喊了一遍。

现在回想起来，贝多芬不明白自己为什么要在那样的地方租房子。那所房子几乎就在圣彼得大教堂和圣斯蒂芬大教堂的正下方。

——为什么要在这种教堂钟声隆隆作响的地方租房子呢？对了，因为这栋房子里住了一个熟人。但是，我怎么会租了这样的房子？就是因为待在这种地方，耳朵才变坏了。这里是最糟糕的地方！

贝多芬从为数不多的行李中抽出信纸，急匆匆地写了一封信。

亲爱的兹梅斯卡尔先生：

（前略）请原谅我久疏问候。不过能回到您身边，我感到无比庆幸和幸福。我最敬爱的音乐男爵殿下，希望您能助我一臂之力。简单来说，我不明白自己现在为什么要待在这么吵闹的家里。如果不尽快找个房子搬出去，好不容易回到维也纳的贝多芬又得逃到某个地方去了。总之，关于我的新住处，希望能尽快和您商量。我准备去天鹅馆，如果您说去黄牛亭比较好，那也可以。一切都随你的意。

那回头见。再见，男爵。

你的朋友贝多芬

兹梅斯卡尔男爵只要一收到这封信，肯定就会立刻到处为贝多芬的住处奔走，在傍晚到贝多芬指定的餐厅之一见面时，至少能找到两三个合适的房子。

兹梅斯卡尔男爵拥有匈牙利宫廷书记官的重要身份，同时也是优秀的大提琴演奏者，在"利赫诺夫斯基弦乐四重奏团"担任大提琴手。

尽管如此忙碌，他却主动承担起贝多芬的杂务。

在贝多芬的贵族朋友中，像他这样耐心、认真的人也不多见。兹梅斯卡尔比贝多芬年长11岁，在人际交往方面很成熟，也许是看中贝多芬这个天才的潜能，见他在音乐以外的事情上过得一塌糊涂，所以才下定决心要用自己的力量帮助他的吧。若非如此，他不可能和这个动不动和人吵架、发起脾气就不顾一切的男人相安无事地交往近10年。

——仔细想想，在朋友方面，也许没有比我更幸运的人了。至少，我有几个可以完全放心依靠的朋友。

贝多芬把写给兹梅斯卡尔男爵的信交给了里斯，一边打开桌子上堆积如山的贵族来信，一边这样想着。利赫诺夫斯基侯爵、洛布科维茨侯爵以及其他赞助他的贵族，都多次写信要求他"快点来参加沙龙""快点来给我上课"。

被人需要是多么幸福的事啊！

不会被遗忘是多么难得的事啊！

而且，大家明明都知道我耳朵的事……

被久违的友情所包围的贝多芬，发自内心地、谦虚地这么想。

贝多芬没花多少时间就恢复了本来的状态。

首先，阿塔利亚出版社未经商量，就出版了贝多芬的《弦乐五重奏》，错误百出。为此，贝多芬与出版社发生了激烈争吵。

——必须和那些恶人，而且都是低级的家伙打交道，真是太不愉快了！

贝多芬气急了，一怒之下把"阿塔利亚出版社干过的坏事"写在一封信件上四处散发。

争吵发展到了打官司的地步，负责贝多芬事务的弟弟卡尔、打杂的兹梅斯卡尔和跑腿的里斯被烦琐的手续折腾得团团转。

但是贝多芬毫不客气。既然耳朵的事已经为人所知，向人求助还有什么顾忌呢！

贝多芬很顽强，他豁出去了。

于是，贝多芬从两座教堂下面的家搬到新住处的事被延后了。他搬家是在第二年，也就是1803年。

这次的家在远离市中心的城墙外的剧院里。

那里叫河畔剧院，意思是"维也纳河沿岸的剧院"。他从教堂下面的家逃了出来，但还是不得不看到教堂的尖塔。毕竟城里到处都是教堂，稍微抬头就能看到教堂的尖塔。从这个剧院里的住所，也可以眺望到卡尔教堂这座大教堂的尖塔。

"住在剧院里也不是不行嘛。"

贝多芬满意地对卡尔说。这次他和弟弟一起住在这个家里。

"而且还很新。"

卡尔也很满意能住进建成才两年的剧院。他虽然在政府机关有工作，但当哥哥的秘书更费心神，所以和哥哥住在一起比较方便，在现在兄弟之间关系融洽的时候。

"而且不要钱！"

贝多芬吼出了最满意的条件，大笑着和卡尔抱在一起，互相拍了拍背。兄弟俩在关系好的时候,确实是非常要好。

"话说回来,和这家剧院签了合同真是太好了。如果能在这里写出成功的歌剧,哥哥的人气会越来越旺。"

"没错,既然席卡内德(Emanuel Schikaneder)在我身上押宝了,那我也要在新歌剧[1]上押宝。"

贝多芬干劲十足。

事情是这样的。贝多芬之所以搬进了河畔剧院,是因为他与剧院的建造者兼负责人、演员席卡内德签订了写新歌剧的合同。"不要钱"就是这个缘故。但这件事背后还有更深的意义。

那就是,贝多芬的人气比任何人都高。歌剧是一项需要花费巨额资金的事业,剧院方面在选择作曲家时也不得不格外慎重。

——我耳朵的事明明已经传开了!却还是选中了我!万岁!万万岁!我有自信了。去干吧,放手去干吧!大家都需要我的音乐!

贝多芬在弟弟面前极力掩饰自己的喜悦,内心却高兴得想在新家里乱跑。

贝多芬的身体里,音乐灵感如不竭的泉水般涌出。

---

1 歌剧:由独唱、合唱、管弦乐等表演形式构成的音乐戏剧作品,是包含了戏剧、舞蹈、美术等要素的综合性艺术。

在创作歌剧之前,贝多芬的心神都凝聚在另一首大曲子上,在完成这首大曲子之前,他还没有精力创作其他作品。

那就是贝多芬的《第三交响曲[1]》。

他打算把这首新作品献给拿破仑。

——为什么是拿破仑?为什么不能是别人呢?

贝多芬一边从散落在房间里的草稿本中寻找适合歌颂拿破仑的旋律,一边在脑海里这样反问自己。

对贝多芬来说,把曲子献给一个不给酬劳的、未曾谋面的人,这是第一次。而且,维也纳的人都很讨厌拿破仑,对他心存戒备。

——为什么是拿破仑?为什么不能是别人呢?答案是显而易见的,因为他是真正的革命之子。

——就是这个,就是这个旋律!这才配得上拿破仑!

贝多芬在寻找答案的同时,也找出了自己想要的旋律,立刻写在乐谱上。

这就是贝多芬的作曲方法。

春夏时节,他在田园里漫步,把旋律随手记在草稿本上,秋冬的时候再慢慢重读,从中挑选适合下一部作品的旋律。

对于选出来的音乐,他会长时间思考,反反复复推敲修改:

---

1 交响曲:管弦乐团演奏的大型合奏曲,一般有3~4个乐章。

"这样可以吗？必须这样吗？真的是这样吗？"

在这样的过程中，想法逐渐成形，深入，呈现清晰的形态。

如果一首曲子听不下去，想累了，他就把心情转移到酝酿已久的另一首曲子上，暂时沉浸在那首曲子里。

这样一来，他有时会同时完成两三首曲子。不过这次，由于对拿破仑的感情太过强烈，贝多芬根本无暇顾及其他曲子。

"拿破仑的伟大之处在于，他远征意大利，攻入埃及，都取得了胜利。军人的任务就是战斗，运气好的话，也能不断取得胜利。"

贝多芬只对卡尔坦言了自己对拿破仑的感情。

维也纳目前虽然处于休战状态，但随时都有可能与拿破仑军队开战，因此实在没办法开诚布公地说出赞美拿破仑的话。虽然作为敌方，但贝多芬非常崇拜拿破仑。

"他的伟大之处就在于，他从一个普通的士兵，晋升到那样一支革命军的司令官，而且完全是靠自己的力量。他肯定遇到过各种各样的困难，在取得胜利前一定经历过痛苦。拿破仑用堪称神技的政治和军事力量克服了这一切，为了什么？为了民众的自由。拿破仑绝不是为了自己的欲望而发动战争，征服他国，他所做的一切都是为了自由，拿破仑才是自由的战士，他是革命之子，是时代的英雄！"

"嘘！哥哥，你可别大声说这种话。太危险了，不知道会被谁听见。他毕竟是敌人。"

每当贝多芬的言辞激烈起来,卡尔就不得不在哥哥的热情上泼冷水。

贝多芬虽然言语上节制了,但实际上,他已经把自己和拿破仑的人生经历重叠在了一起。

自己不也走过了不亚于拿破仑的艰难人生吗?自己不也靠一个人的力量,克服了原以为克服不了的痛苦吗?我这样的人生经历如果都不能称得上革命性,那又能算什么呢?

——他是个了不起的男人,是我敬仰的男人。我想像他那样坚强而自由。

这么一想,贝多芬对拿破仑的憧憬就更强烈了。

停战期间被拿破仑派来监督的法国大使贝纳多特(Jean-Baptiste Bernadotte)将军也认可了贝多芬,给予他很高的评价。

——通过将军,把《第三交响曲》献给拿破仑吧。到那时……我们两位革命之士的手将紧握在一起。

贝多芬的感情已经强烈到了这种程度。

不知不觉间夏天到了,又到了维也纳人都去乡下的季节。

贝多芬也在离城市稍远的德布灵一个种植葡萄的农家租了房间,搬了过去。那里被葡萄园和绿色的原野包围着,是一个安静凉爽的住所。

贝多芬《第三交响曲》的大部分旋律,就是夏天在这个住所里完成的。

写完之后,他揣着即将完成的作品回到维也纳,却发现剧院里的住所已经不再属于自己了。剧院突然被卖到了一个叫布朗男爵的人手里。贝多芬和原来的主人席卡内德的约定变成了白纸一张。

但是贝多芬并不慌张。卡尔肯定会帮自己找到家的,兹梅斯卡尔男爵也会帮忙的,朋友们也会为自己到处奔走吧。而且贝多芬已经习惯了搬家。他独身一人,东西也不多,一天之内就能搬完。

这次的房子也是在城墙外,面对着还愿教堂广场,在一座被称为"红房子"的建筑物里。

之所以决定住在这里,是因为波恩的挚友斯蒂芬·布罗伊宁就住在同一栋楼里。

在这个家,贝多芬完成了《第三交响曲》,也完成了抄谱[1]工作。

那是5月初的事。

贝多芬正好花了一年时间,完成了《第三交响曲》。

里斯为了听久违的贝多芬的演奏,兴冲冲地来到了"红房子"。此前,他曾好几次抱着这样的想法来这里,但都被

---

[1] 抄谱:手抄乐谱。更专业的情况是将总谱中的各个声部分别抄下来。

沉浸在作曲之中的贝多芬无视了，只能败兴而归。

"老师，您终于完成了对吗？"里斯看着桌子上整齐崭新的总谱问道。

封面上是贝多芬亲手写的"波拿巴大交响曲"。

"下面……"贝多芬坐在桌前，指着封面中间的空白，郑重地说，"我要写上一个适合拿破仑的副标题，叫《英雄》。"

"是吗？这首新交响曲是献给拿破仑的吗？不愧是老师啊！"

里斯误以为贝多芬已经知道了不久前传遍大街小巷的消息，所以要把这首新作献给拿破仑。

"这真是个绝好的时机。等到拿破仑在这个月 18 日称帝的通知贴到街头巷尾那一天，把新创作的大交响曲献给他，这没有先见之明是做不到的。真不愧是您。"

"你说什么？那个男人……那个男人要当皇帝！"

里斯一辈子都不会忘记那一瞬间贝多芬的变化。

"什么？！"话音未落，贝多芬就从椅子上跳了起来，"那个男人要当皇帝！"

说这话的时候，他的脸因为愤怒而异常扭曲。

贝多芬瞪着眼前的里斯，仿佛他就是拿破仑，怒吼道："原来如此，那个男人也成了权力的囚徒啊！我已经预见到了，他会沉浸在自己的野心之中，践踏所有人的权利，变成一个

《第三交响曲》(《英雄》)总谱封面
献给拿破仑的语句部分留下了破洞
(维也纳音乐之友协会收藏)

随处可见的暴君。也就是说,他也不过是一个盘腿坐在权力之上的俗人!"

"老师,您不知道拿破仑要当皇帝的事吗?我以为您肯定知道的……"

里斯战战兢兢,支支吾吾,但此刻无处发泄愤怒的贝多芬,突然抓起乐谱的封面,扔到了地上。

贝多芬如同被自己深信不疑的恋人出卖了一般,品尝着失望的滋味。他从未想过拿破仑会登上皇位,始终坚信拿破仑会永远站在平民的一边而战斗。

——什么革命家!什么自由斗士!自命不凡的小毛孩(拿破仑比贝多芬大一岁)!科西嘉的吃人鬼(拿破仑出生于科西嘉岛)!

贝多芬在房间里转来转去,在心里把能想到的所有坏话都骂了个遍。

几分钟里,贝多芬对拿破仑的态度已经发生了彻底转变,他心中充满憎恨,仿佛恋人在热烈恋情告终时突然憎恨并咒骂起另一方一样。

与此同时,和大多数人失恋时一样,贝多芬越恨拿破仑,对他的狂热崇拜也就越强烈,连自己都无法控制。

CHAPTER 4 第四章

热情的岁月

贝多芬的感情在各种地方爆发。在这激烈的情感波动中,他的创作力日益旺盛,强烈的、新鲜的、具有高度精神性的作品不断涌现。

《热情奏鸣曲》是贝多芬这一时期精神状态的真实写照。

原计划献给拿破仑的《第三交响曲》依然以"英雄"为副标题，献给了贝多芬的赞助人之一洛布科维茨侯爵。

侯爵是贝多芬的超级粉丝，突然被赠送了意想不到的大曲目，非常高兴。

"收到交响曲是件很荣幸的事。今后我要更加大力资助贝多芬。"

为了表示感谢，洛布科维茨侯爵给了贝多芬一大笔钱。作为回报，他获得了连续几个月独家演奏《英雄》交响曲的权利。

这个时代的赠曲指的就是这个意思。

作曲家将新作献给身份尊贵的徒弟或赞助人，被赠曲的人会给予作曲家金钱和宝石作为感谢，同时，获得半年或一年独享作品的权利。约定的期限过后，作品的所有权归作曲家所有。接下来是把作品卖给出版社还是送给别人，都是作曲家的自由。

但是，对作曲家来说并不总是这样顺利。无论献出了多大的曲目，都有可能被对方无视而分文不得，甚至可能被退回。依对方心情的不同，作品有可能变成宝贝，也有可能沦为废纸。如果不仔细打好算盘就赠曲，作曲家可能会损失惨重。

但是贝多芬很少有这样的失误。他总是认真选择对象，对方也希望被贝多芬选上。

《英雄》交响曲在洛布科维茨侯爵的府邸首演。侯爵有一支管弦乐队。

贝多芬鼓足干劲，亲自指挥。

"不对不对，那里的第二小提琴快了半拍！那里是哒哒哒，哒哒哒，对，只有你们快了半拍。"

"小号，声音再大、再亮一些！"

"圆号，怎么回事，听不见！你们连小节[1]都不会算吗！"

贝多芬时而愤然喊叫，时而怒目而视地指挥着管弦乐团。那一天，他的耳朵听不清管乐器的声音，所以小号和圆号的演奏者遭到了格外严厉的训斥。

而且，这首新曲非常难，很奇特，超乎寻常地长。

里斯站在贝多芬的身后，望着混乱的管弦乐团，然而就连比别人更熟悉贝多芬音乐的他，也在第一乐章的中段，被与往常完全不同的奇妙声响所震撼。他以为是圆号的乐手弄错了，就在贝多芬耳边提醒道："那个吹圆号的家伙犯了一个大错误！一定要提醒他！"但他没有得到表扬，反而挨了一巴掌。

那个地方，原本就是那样奇怪的声音。

---

1 小节：乐谱中以竖线分割的部分。一小节为一个单位。

第一次排练就这样反复重来,管弦乐团被训斥得很不高兴,而指挥台上的贝多芬一脸失望,双方充满敌意地结束了这次排练。

第二次演奏开始时,现场弥漫着难以言喻的紧张感,这样的紧张感对于管弦乐团,对于洛布科维茨侯爵以下的在场贵族来说都是第一次。

贝多芬全神贯注地把自己的作品原封不动地转换成乐声。

他还是听不清管乐器的声音,但他心灵的耳朵弥补了这一点,再看看演奏者们鼓起胸腔和脸颊的动作,根据多年的经验,他知道演奏出的是自己想要的音量。

——控制住,控制住。这个主题[1]要像预示伟大英雄的诞生一样,必须是克制而又紧张的声音。

贝多芬如此期望的时候,他的身体顺势动作,双手仿佛要按住管弦乐团一般,在乐谱台上伸展开来。

——渐弱(diminuendo),再渐弱,再渐弱,比极弱(pianissimo)更弱。隐隐约约能听见就可以了。

当贝多芬这么要求的时候,他的身体就会越来越低,最后从乐手们的视线中消失,趴到乐谱台下。

相反,渐强(crescendo)的时候,他会先蹲下,然后一点点

---

1 主题:一首乐曲的基础旋律。

地伸出手，站直身体，当经过强（forte）变成极强（fortissimo）时，他会踮起脚尖，张开双臂，像巨人一样伸展到管弦乐团上方。

贝多芬的指挥直接而坦荡，就像他的性格一样，"我想这样做"的想法总是表露无遗。

演奏顺利时，他会喜笑颜开。相反的情况下，他则会弯着身子，好像要哭出来似的。

因为耳朵听不见，再加上太过兴奋，他经常会出错。

如果单独看他那热情洋溢的指挥方式，实在是非常滑稽。

但是管弦乐团和听众完全没有这种感觉。

《英雄》交响曲很长，演奏起来非常困难，但给所有演奏者带来了不可思议的灵感，让他们不断前进，前进。

听众心里的紧张感随着时间推移越来越高涨。伴随着音乐，全身充满力量，一种让人不禁心绪飞扬的珍贵感情从体内涌出。

原本坐姿随意以求舒服的人，不知不觉间就端正了姿势；心情放松的人，不知不觉间就正襟危坐了起来。

一种认真、直接、强大的力量，将大家的心带入感动之中。

这是被激动、强烈的个性震慑灵魂的55分钟。

"这间房子将作为这首交响曲首演的地方被载入史册。"

演奏结束后洛布科维茨侯爵说了这么一句话，代表了贵族们的感动。

《英雄》交响曲，无论从贝多芬以往的作品，还是从海顿、莫扎特继承的音乐史潮流来看，都是具有革命性的作品。

它打破了传统和规则，狂乱地挥洒着贝多芬自身强烈而自由奔放的个性。贝多芬个人的情感波动就这样与音乐互相碰撞。

迄今为止，有谁能如此坦率地在音乐上发泄个人感情吗？

答案是否定的。

没有人想过，也没有人被允许这样想。

音乐原本是为宫廷或教堂服务的，如果贵族和僧侣不喜欢，他们就不会听。

海顿为了讨好雇主侯爵，写了100多首交响曲；莫扎特为了迎合贵族的优雅品味，写了很多歌剧。

但是贝多芬不同。

贝多芬把自己的感情坦率地发泄在音乐中，并且被接受了。

在这里，时代的差异也起到了作用。贵族开始意识到，音乐并非只有优雅。

此时，音乐史的潮流已经从被成文或不成文的规则所束缚的古典主义时期，迈入了追求更加自由和人性化表达的浪漫主义时期。

洛布科维茨侯爵

当时的洛布科维茨侯爵府邸

迈出这历史性第一步的不是别人，正是33岁的贝多芬，他一心崇拜着拿破仑，自己也被誉为"音乐的革命家"。

在"红房子"里，贝多芬和好友斯蒂芬·布罗伊宁住在了一起。

"住在维也纳的人越来越多，房租上涨，餐费也越来越贵……"

贝多芬对布罗伊宁抱怨后，对方当即邀请道："那你和我一起住不就行了吗？我家里有空房，也有厨师和保姆。在这么小的维也纳，单身汉没必要住两间房。"

贝多芬立刻收拾行李，搬到同一幢楼里的布罗伊宁住处。他每天都能吃上家常饭菜，非常满足。

"在餐厅和朋友们一起吃饭固然很开心，但这种家庭式的晚餐更是别有一番风味。要是结了婚，每天都能过上这样的生活吧。真好。我有一天也能过上家庭生活吗？……真羡慕韦格勒，他能和你姐姐埃莱奥诺雷结婚，真是全世界最幸运的人。"

贝多芬每次在饭桌上与布罗伊宁相对，都会这样说，表达对挚友韦格勒医生幸福生活的羡慕，对结婚、对建立家庭的憧憬。

当时，贝多芬刚好在创作歌剧《莱奥诺雷或夫妇之爱》，其中描绘了他心目中理想的妻子形象。因此，他对结婚的期盼与日俱增。

"斯蒂芬，说实话，这次歌剧的主人公莱奥诺雷是以你姐姐埃莱奥诺雷为原型的。她高贵、温柔，既有幽默感，也有严肃的时候。我只能对埃莱奥诺雷这样的女性献出真正的爱情。与之相比，徒有激情而没有尊敬的爱情是多么虚无啊！"

"没错。但是女人结了婚就会大不一样。就拿我姐姐来说，结了婚也不过是个普通的妻子。我觉得你还是这么想比较好……"

布罗伊宁知道贝多芬从波恩时代开始的许多恋情。

贝多芬总是突然陷入情网，突如其来地提出结婚的想法，然后被无情地拒绝，这是他的经典模式。

由于这个周期非常短，所以即使是布罗伊宁也不能说对贝多芬迄今为止的全部恋情了如指掌，但主要的几段还是知道的。20岁时，贝多芬狂热地爱上了擅长唱歌的珍妮特小姐、擅长弹钢琴的威廉明妮小姐。23岁时，他迷上了宫廷歌手玛格达莲娜。之后是不伦瑞克伯爵家的姐妹泰蕾丝和约瑟芬，还有伯爵千金朱丽叶塔……

"你的感情总是太热烈了，还没有好好确认对方的想法就提出结婚，这样对方会害怕的。"

布罗伊宁这样调侃好友失恋的原因，但还有一个真正的原因他没有说出口。

——而且,你选择的对象总是很不合适,特别是最近。贵族小姐们当然个个美丽,有魅力,有教养。你憧憬她们,想要得到她们,这是理所当然的。但是你们身份不同。无论贵族多么敬仰你的才华,这和把女儿嫁给你是两码事。如果不明白这一点,你只会不断受伤。

"所谓结婚,就是夫妻必须成为一体。不管是丈夫还是妻子,都必须有可以为了对方牺牲自己的想法。哎,斯蒂芬,再没有比以奉献、勇气、忠贞和忍耐结合在一起的夫妻更美好的了。"

贝多芬没有注意到布罗伊宁的担心,直率地说出了自己理想中的婚姻。

贝多芬对与好友的共同生活非常满意。在"条顿骑士团"工作的布罗伊宁性格朴实稳重,彼此也有着"发小"的安心感。特别是贝多芬春夏时节因肠道问题得重病的时候,好友和保姆无微不至的照顾让他多么感激啊!

但感谢与和平到此为止了。

病愈后不久,贝多芬收到了房东寄来的一张纸条。

看到这张纸条,贝多芬勃然大怒,气血上冲。

——半年的房租!这是什么啊?!

那是贝多芬之前在"红房子"里租赁房间的半年账单。为了节约而与布罗伊宁住在一起的贝多芬,看到金额就气得火冒三丈。

"是谁的错？到底为什么会变成这样？"

贝多芬在饭桌上对好友发难。这是庆祝贝多芬病愈的宴会，弟弟卡尔也受邀前来。

"这可就麻烦了。你没跟房东说要搬走吗？我以为你早就办好手续了。"

布罗伊宁平静地说完，看着纸条叹了口气。

这句话更激起了贝多芬的愤怒。

"原来是我的错啊！那么，你是说你没有责任吗？把所有的责任都推给我，这也太冤枉人了。你以前就是这样，把所有的坏事都推给别人，还以为自己没有任何过错。从小就这样，你就是个懦夫！"

这下连布罗伊宁也脸色大变，生气地站起来大声喊道："你在说什么！胡说八道！你要说这种莫名其妙的话，那把房东叫来！把房东叫来，看看是谁的责任！"

贝多芬一听，一下子把椅子掀翻在地，跳起来，用拳头敲着桌子大叫。

"让我来说说你现在心里真正想说的话。你是不是想说，这个可怜的、卑鄙的家伙！啊，够了。随便你怎么说！我对你已经没什么可讲的了。我从来没有和你好过，以后也绝对不会！"

贝多芬露出可怕的表情，大吼一通之后就冲出了家门，从此再也没有回到"红房子"。

他在弟弟的住处住了几天，然后在维也纳郊外的巴登找到了夏天住的房子，就立刻搬了出去。

那是7月初的事。

夏天快结束的时候，贝多芬委托里斯在维也纳找房子。

里斯找到的新房子位于环绕维也纳的城墙上，视野非常开阔，离贝多芬的超级粉丝利赫诺夫斯基侯爵的家也只需步行片刻。

"这里很好！我喜欢这个房子，里斯。"

从建筑物五楼自己的房间往外眺望的景色，让贝多芬欢呼雀跃。

放眼望去，从北边的窗户可以看到去年创作《英雄》的德布灵的村庄，以及对面的维也纳森林，从西边的窗户可以看到同样一片维也纳森林的延伸，还有近在正下方的还愿教堂和它前面的"红房子"。

贝多芬的胸口一阵刺痛。

他早就后悔了。

稍微冷静下来想想，错的是自己。他满脑子只想着搬到布罗伊宁的住处，忘了通知房东已经空出房间。

——要是不说那种话就好了。那个时候我比平时更容易生

贝多芬住过的城墙上的房子

（摄于20世纪80年代）

气,所以爆发得特别激烈。布罗伊宁一定很看不起我吧。

贝多芬痛心地怀念布罗伊宁沉稳的谈吐,以及"红房子"餐桌上各种他爱吃的菜肴。为了填饱肚子,他只好去了常去的天鹅馆。

那天晚上,负责贝多芬餐桌的服务员才真是倒霉。

本来就容易发怒的贝多芬,那天晚上因为对自己的厌恶感,在进店之前就焦躁不安。

这时服务员端来了与贝多芬点的不同的菜。

"这个不对。"贝多芬瞥了一眼盘子,冷冷地说。

"没错,您点的就是这道菜。"

倒霉的服务员看都没看客人的脸就回答道。他手里还端着很多别的菜,注意力已经转移到下一桌。

就在这时,从贝多芬手中飞来的盘子击中了服务员的脑袋,黏稠的肉汁顺着他的脸流了下来。

"你干什么?!"服务员大吼一声。

"这是你应得的!"贝多芬吼了回去。

其他客人看到服务员可怜的样子大笑起来,贝多芬过了一会儿也突然觉得好笑,自己也大笑了起来。

——下次遇到布罗伊宁,我要向他道歉。

在笑声中,贝多芬终于痛快地下定了决心。

就像这样,贝多芬的情绪在各种地方爆发。

一旦激动起来,他就无法控制自己的情绪。

无论好坏,都是这样。

几天后,贝多芬在街上突然遇到了布罗伊宁,正如先前下定的决心,他坦率地道了歉。而且,当他得知想念不已的好友已经彻底原谅了自己的行为,完全没有往心里去时,一时间不知道该如何表达自己的感激。

"啊,斯蒂芬!我不配得到你的友情。怎么做才能得到你的原谅?怎么做才能让你知道你对我有多重要?"

贝多芬高兴得不得了,不顾众人在场抱住了好友,亲了一下又一下。最后他还是觉得自己得不到真心的原谅,回到家后,把自己的宝贝翻了个底朝天,从中找到自己最喜欢的、以前想要"留给最重要的人"的肖像画,把它和道歉信一起寄给了好友。

贝多芬的情绪发作也好,对他人的不信任也好,在他身上都应该被谅解。

他天生急躁,性情激烈,比别人更骄傲,同时又比别人更渴望爱。

这样的人,听力却一天比一天差,不得不与恐惧和孤独感战斗。因为耳朵听不见而产生的误会和争执,让他日夜痛苦挣扎。

那种焦虑和绝望,会变成一种正常人无法想象的情绪高潮，随时爆发出来。

在这种不稳定的情绪摇摆中——或者说正因为有这样激烈的情绪波动，贝多芬的创作力愈发旺盛，从争吵、搬家、和解的生活中，迸发出令人难以置信的强烈、新鲜、具有高度精神性的作品。

这些作品包括了《第二十二钢琴奏鸣曲》（《瓦尔德施泰因》）、《第二十三钢琴奏鸣曲》（《热情》）以及花了两年多时间完成的歌剧《费德里奥》（这部歌剧最初的名字叫《莱奥诺雷或夫妇之爱》，被剧场的人擅自改成了《费德里奥》）。特别是那充满愤怒、痛苦以及对生活的热情的《热情》，可以说是贝多芬这一时期精神状态的真实写照。

歌剧《费德里奥》在最糟糕的一天迎来了首演。在首演前一周的11月13日，维也纳被15000名法国士兵占领了。很不幸，法国与奥地利的第三次战争正好在这个时期以法军的第三次胜利告终。

又是拿破仑。

期待着贝多芬歌剧首演的王公贵族，在11月初就全部逃离了维也纳，取而代之的是入侵的法国军官，他们挤满了整座城市，举行歌剧演出的河畔剧院的座位也被填满了。

——拿破仑也会来听吗？

贝多芬心想，如果拿破仑来听，那就原谅他。

征服维也纳的拿破仑

那是一种复杂的感情。

——憎恨，却又忍不住期待……

贝多芬在内心深处仍然渴望与拿破仑携手。

拿破仑当然没有来。

拿破仑在舍恩布龙宫宣布法军胜利后，马上就奔赴下一场战斗了。他的目标是征服世界。他太忙了，没空留在维也纳看歌剧。就算有时间，拿破仑也不会来。

他对音乐完全不感兴趣，自然也不知道维也纳有一位名叫贝多芬的作曲家。

当然，他也不会知道，自己挑起的战争最终导致了贝多芬歌剧首演的失败。

CHAPTER 5

第五章

三个赞助人

"侯爵啊,你因为出生的偶然而成为侯爵,但我是靠自己而成为贝多芬。侯爵成千上万,以后也只多不少,贝多芬古往今来就只有这一个。"

头号赞助人利赫诺夫斯基侯爵因失言而收到了贝多芬的绝交信。

第五章 三个赞助人

维也纳在法军的占领下迎来了寒冷的冬天。

城里到处都是穿着红色军服，佩戴金丝缎、羽毛和勋章的法国军官，他们在大街上昂首阔步。

看惯了白色和粉色、白色和淡蓝色的高雅奥地利军服的市民，光是这一点就瞧不起法国军队了。

"听说那个元帅不久前还在酒馆当服务员，这位士官以前是鞋店的师傅。"

"怪不得，不管怎么打扮，出身是遮盖不了的。"

"喂，你看看那个伯爵，他带着一个像洗衣女一样的夫人。"

"那家伙大概也是在革命中发了大财，买了贵族爵位的吧。"

"他们都是战争的暴发户，是欺世盗名的伯爵和男爵。看看他们粗野的举止，就是他们把法国国王和王后送上了断头台。"

"啊！太可怕了！太野蛮了！真希望我们的皇帝早日回来。"

维也纳市民虽然害怕法军，但暗地里仍起劲地说着这些一夜暴富的贵族的坏话。

幸运的是，法军对维也纳的占领只持续了一个多月。

奥地利在与法国的最后一场小规模交战中失败，第三次将一部分国土让给拿破仑，换取了和平。

过完年，令市民怀念的皇帝及其统治下的贵族回到维也纳，人们的生活又恢复了原样。

贝多芬的生活发生了一些变化。

首先，赞助人的数量有所增加。

埃德迪（Erdődy）伯爵夫人、埃特曼（Ertmann）男爵及其夫人、拉祖莫夫斯基（Rasumowski）侯爵、格莱申斯坦男爵、金斯基（Kinsky）侯爵，还有皇帝的弟弟，年仅18岁的鲁道夫（Rudolf）大公，也作为贝多芬的徒弟兼赞助人，加入了围绕在贝多芬身边的人群。

但与此同时，也有人离开了。

那就是徒弟里斯和弟弟卡尔。

里斯是为了服兵役不得已离开，弟弟卡尔则与贝多芬断绝了关系。

因为他突然结婚了。

"不行！你怎么能这么做？你要抛弃哥哥吗？我坚决反对。你是在做错误的事情。好孩子，你不要结婚，回到我这里来吧，因为我爱你。"

自从贝多芬听到弟弟告诉自己"我要结婚了"，就拼命想让他改变这个想法。一开始是愤怒，接着是安抚，最后演变成了威胁:"你结婚我们就断绝关系!"

然而,无论哪一种方法都无济于事。

卡尔已经和结婚对象约翰娜住在了一起,约翰娜的肚子里已经有了卡尔的孩子。

贝多芬很失望,也很受伤。

他无法理解,自己如此深爱的人,竟会随意地去爱别人。

——那家伙宁愿抛弃自己的哥哥,也要和素不相识的女人在一起。那家伙出卖了我。那种人已经不是我弟弟了。

贝多芬始终认为弟弟是自己的独有物,他拒绝尊重弟弟的人格,也拒绝承认弟弟已经是32岁的大人。

婚后不久,卡尔家的儿子就出生了,但贝多芬并没有去看这个同样取名为卡尔的侄子,只是鄙夷地说:"这就是不检点的证据。"

贝多芬的朋友和出版社的人都为卡尔的离去而高兴。

卡尔因为得到哥哥的信任,态度逐渐强硬起来,也不知有什么误解,毫无敬畏地把哥哥写的作品说成是"我们的作品"。

朋友提醒贝多芬这一点,反而受到贝多芬的憎恶。

"不管怎么说,那都是我弟弟。"

就是因为贝多芬一直袒护弟弟,反作用才更强烈。

勤务员卡尔和跑腿的里斯走了,贝多芬陷入了进退维谷的境地。

鲁道夫大公　　　　　　拉祖莫夫斯基侯爵

金斯基侯爵

房间里马上就乱得连个落脚的地方都没有，到处堆积着衣服、餐盘、食物、乐谱和信件。

贝多芬同时进行着好几项工作。失败的歌剧《费德里奥》必须重写，俄罗斯大使拉祖莫夫斯基侯爵也拜托他"尽可能多地"创作弦乐四重奏。献给鲁道夫大公的《钢琴协奏曲》写到一半，《小提琴协奏曲》的草稿也堆积了很多。

"啊！啊！我的人生太短暂了，没空为这些杂事费神。而且就算写再多这样的信，也无法摆脱贫穷的生活！"

贝多芬无奈地回复着出版社寄来的众多合同，一边怨天尤人，一边憎恨着弟弟。

不过好在他很快就找到了接手的勤务员。

他的粉丝之一格莱申斯坦男爵接受了这个请求。男爵是个30岁左右的年轻贵族，在陆军部任职。

多亏他的帮助，那个夏天贝多芬完成了全部工作计划。10月，心情舒畅的贝多芬应利赫诺夫斯基侯爵的邀请，前往侯爵位于格拉茨的领地休息。

"请自便，把这里当成自己的家吧。"

心地善良、性格温和的利赫诺夫斯基侯爵对贝多芬这样说，让他放松下来。另一方面，他还这样命令仆人："比起我，你们要更多关照贝多芬。"

如此用心的侯爵，却遭遇了意想不到的滑铁卢，是因为迎

格莱申斯坦男爵　　　　　　利赫诺夫斯基侯爵

接了大批突然来访的客人导致惊慌失措呢，还是应该解释为，侯爵的真心表露出来了呢？

一天傍晚，贝多芬散步回来时，侯爵的府邸里挤满了法国军官。他们刚好来到了附近侯爵亲戚的贵族公馆里，听说"贝多芬在这里"，就一下子全涌了进来。

"这位就是维也纳的新星贝多芬。想必大家都知道，他就是《费德里奥》的作曲者。"

这些法国大军官不久前还是占领军，现在更是令人生畏。利赫诺夫斯基侯爵迎接了他们，面带兴奋、得意扬扬地向他们介绍了贝多芬。

贝多芬有些不知所措，但还是礼貌地打了个招呼。

军官们出于好奇前来观瞻"与众不同的作曲家"，其中有几个人是真正的音乐爱好者，知道贝多芬的几首钢琴奏鸣曲，也看过《费德里奥》。

"您的歌剧让我深受震撼。原来像夫妻爱情这样真实的故事也可以写成歌剧啊！"

"您的指挥就像一团火焰。不对，应该说，您的头发仿佛在熊熊燃烧。"

贝多芬马上被红色军服团团围住，军官们都来与他握手。

利赫诺夫斯基侯爵在贝多芬耳边将这些话一一翻译给他

听，见自己平时赞助的音乐家如此受到众人的尊敬，喜出望外，忍不住对贝多芬说了这样的话。

"请为这些军官弹钢琴。"

贝多芬很生气，装作没听见。侯爵还是第一次用这种语气对他说话。

利赫诺夫斯基侯爵又用更大的声音重复了一遍。

在侯爵看来，贝多芬这么出色的即兴演奏，一定要让大家听一听。他们一定会惊讶，鼓掌欢呼吧！法国也没有这样的天才。侯爵的想法终究是善意的，但在他的内心深处，有一种想向别人炫耀自己的所有物的愿望，这也是不可否认的。

"贝多芬，请为他们弹钢琴。"

被命令了三次的贝多芬盯着利赫诺夫斯基侯爵的脸，生硬地回答："我现在没有弹钢琴的心情。"

的确，如果不是心情特别好的时候，贝多芬是不会即兴演奏的，而且还得旁人好好吹捧一番才行。

像今天这样被命令弹奏，对于贝多芬来说是不可理喻的。

利赫诺夫斯基侯爵不可能不知道这一点。

尽管如此，侯爵还是执拗地强迫贝多芬弹奏钢琴，大概是因为提出这个要求的自己在那么多客人面前已经下不来台了吧。

军官们听了利赫诺夫斯基侯爵的话非常高兴。

"请您一定要弹。"

"请务必让我们听一听传说中的即兴演奏。"

"这样我们就能回去给朋友们讲故事听了。"

大家都催促着贝多芬。

侯爵有些着急了,拉着贝多芬的胳膊,往钢琴的方向走去。

"你看,只要像往常一样坐在钢琴前,你的手指就会自然地活动起来。大家都这么想听,你不弹就太没礼貌了吧?给我个面子,你就好好弹吧,算我求你了。"

就因为这句话,零星的可能性也消失了。

贝多芬已经因为怒上心头而脸色大变,他粗暴地甩开了侯爵亲热地挽着自己的手,在贵客面前毫无顾忌地骂了侯爵一顿。

"我怎么可能低声下气听你命令?让我弹琴?你以为你是在和谁说话呢?我不弹!说不弹就是不弹,绝对不弹!"

和往常一样,贝多芬的愤怒一发不可收拾,他还向法国军官们发难。

"就算我弹了,你们懂音乐吗?不,你们根本只有看好戏的好奇心!蠢货,你们以为我会为了这个弹给你们听吗?真是想错了。如果想听音乐,就去别的地方,一边傻笑一边欣赏就好。我绝对不会给不懂音乐的人弹琴!"

开朗的法国人并没有生气,而是很享受这一特殊的事件。

"哎呀哎呀,侯爵殿下,维也纳的音乐家可真够硬气的。"

"要驯服狂暴的狮子，用什么好呢？鞭子，还是糖呢？"

"侯爵殿下，这真是个好故事，维也纳的音乐家似乎比贵族还要不得了。"

彻底失去尊严的侯爵，脸色一会儿青一会儿白，他还想对着贝多芬重复毫无作用的命令，然而这时贝多芬已经不在客厅里了。

他说完想说的话，就自顾自飞奔出宅邸，走夜路到附近的城镇，然后雇了辆马车赶回维也纳。

——这就是利赫诺夫斯基的真实想法。他表面装作一副朋友的样子，好像和我推心置腹，心里却瞧不起我。今天他的语气就证明了他的心。居然用那么理所当然的口气命令我！不就因为是个"侯爵"！不行，我咽不下这口气。

漆黑的马车中，贝多芬对侯爵的愤怒愈加强烈。黎明时分，他抵达维也纳的家，一口气爬上狭窄的石阶，直奔五楼的房间，马上开始做决定好的事情："开始吧！"

他把之前摆在架子上的利赫诺夫斯基侯爵的半身像用力往地上摔，砸得粉碎，接着在信纸上写下了给利赫诺夫斯基侯爵的信。

侯爵啊，你因为出生的偶然而成为侯爵，但我是靠自己而成为贝多芬。侯爵成千上万，以后也只多不少，贝多芬古往今来就只有这一个。

这样一来，和善的、自诩贝多芬好友的利赫诺夫斯基侯爵与贝多芬的友谊彻底结束了。从那时起，贝多芬就把侯爵视为"不值得赠曲的人"，不仅一首曲子都没有送，还足足有两年时间一直无视他。

可怜的侯爵想尽办法希望恢复到以前的关系，他好几次跟跟跄跄地爬上城墙上建筑物的五楼去探望贝多芬，贝多芬却紧闭着工作室的门，拒不见面。

贝多芬清楚地意识到自己是一个特别的人，也做好了的命运将会特别坎坷的准备。

——我偶然生在贫穷的男高音歌手的家庭，偶然在贵族宫廷里工作，这些都是尘世中的假象。人分两种，并不是身份上的平民或贵族，而是精神上的低劣或高贵。精神高贵的人会受到很多考验，但战胜这些考验后，等待自己的将是常人无法企及的喜悦。我就属于特别高贵者的行列。出身平民之家，必须忍受不平等，日夜苦于耳疾的折磨和单身的孤独，一切都是为了克服困苦之后的喜悦。来吧，无数的苦难！贝多芬会超越尔等，赢得欢喜！

又一个夏天过去，冬天到来了。

贝多芬的创作欲不断高涨。

他一如既往地无家可归,在各处爆发情绪,承受着疾病的折磨,以大海涨潮般的气势接连完成了《第五交响曲》和《第六交响曲》。

"这确实是巨人般的作品。"

奥佩尔斯多夫(Oppersdorff)伯爵因为未能支付酬金而失去了受赠《第五交响曲》的资格,拉祖莫夫斯基伯爵和洛布科维茨侯爵取代了他。当听到贝多芬用钢琴弹奏的《第五交响曲》,他们唯有惊讶,为他的天赋才华深深折服。

"这确实是巨人般的作品。这段音乐无比广阔。听了它,人的快乐和痛苦都变得不值一谈了。"

"音乐将他的坚强意志体现得淋漓尽致。他的存在伟大得不可估量。"

"而且这种戏剧性的声音组合非常令人惊讶。仅仅用四个音,就能创造出如此伟大的音乐!"

两位贵族都拥有专业的音乐知识,他们当即捕捉到了《第五交响曲》"巨人般的构筑力",特别是当他们意识到第一乐章仅仅由"哒哒哒哒"四个相近音的主题构成时,都不禁瞪大了眼睛。

"用这么短的主题,居然能创作出这么庞大的音乐。"

"你对这个主题倾注了特别的感情吧?"

两位贵族站在结束演奏的贝多芬身后，一边观察乐谱一边提问，试图探寻作品的秘密。

贝多芬只说了一句话："命运就是这样敲门的。"

说完，就用一根手指又弹了一遍主题。"哒哒哒哒"。

贝多芬对《第五交响曲》只作了这种程度的说明（《命运》这个标题是后来人们擅自起的），而对《第六交响曲》，他自己起了《田园》这个副标题。

"《第五交响曲》描写的是人的内心世界，所以《第六交响曲》我想描写自然。"

这时，贝多芬向最亲近的赞助人埃德迪伯爵夫人详细说明了《第六交响曲》。

讽刺的是，夫人的府邸就在利赫诺夫斯基侯爵家的楼下。因此，侯爵只能旁观着曾经每天出入自己家的贝多芬现在泡在埃德迪家，独自为自己的轻率举动而后悔。

"我整个夏天都躲在海利根施塔特的乡下，想用音乐表现田园生活。我从早到晚走遍山野，想用声音传达那美丽的景色、那可爱的小溪。这是很快乐的工作。"

接下来的话，被贝多芬藏在了心里。

——是那个海利根施塔特，6年前我决定去死的那个地方……

"到达乡下时晴朗的心情，河畔的风景，小鸟歌唱的声音，

《第五交响曲》(《命运》)的开头部分

贝多芬当时使用的钢琴

农夫们愉快的聚会，席卷山野的暴风和雷雨，还有暴风雨过后充满喜悦的感觉，牧人的歌声……这首交响曲描写了田园所有的自然风光。不过，我并没有原原本本地描写小溪的流水和小鸟的鸣啼，而是描写了人们在接触大自然时的情感。总之，乡下的生活让我感到幸福，而且，在乡下生活对我的耳朵是最好的。"

贝多芬的耳朵依然不太好，病情反反复复，但他已经不再对任何人隐瞒耳朵的事情。

尽管如此，贝多芬的人气却直线上升。河畔剧院和城堡剧院接连演奏贝多芬的作品，出版社也争相购买他的新作。

现在的贝多芬已经和莫扎特、海顿齐名，他们被称为"维也纳三杰"。

赞助人对他也很好。埃德迪伯爵夫人建议贝多芬住进自己的宅邸，贝多芬欣然同意。现在他赚的钱也比以前的音乐家多了好几倍。

37岁的贝多芬，乍一看似乎已经拥有了无可撼动的地位、名声和收入。

然而，贝多芬的内心充满了对维也纳的不满。

"剧院里的老爷们根本不听我的意见……"

管理河畔剧院的贵族拒绝了贝多芬创作新歌剧的提议。

"管弦乐团的人都恨我……"

河畔剧院

城堡剧院内部

贝多芬想亲自指挥《第五交响曲》和《第六交响曲》的首演，却被管弦乐团拒绝了。这是因为，贝多芬在第一次排练中过于得意忘形，用双臂把钢琴上的蜡烛架弄倒了，第二次排练的时候又把按住蜡烛的少年打倒了。

"首演也失败了……"

这也是贝多芬的错。他执意要自己指挥，但演奏中途变得乱七八糟，他不得不大喊："住手住手，再来一次，再来一次！"

而且首演的收入还不到预定额的一半，这是最有力的证明。

"所有的努力都是徒劳的。我在维也纳既得不到尊重，也没有正当待遇。大家都希望我离开维也纳。"

这是多次失败之后，贝多芬心中得出的结论。

这时，他收到了来自威斯特伐利亚[1]这个陌生国家的国王的邀约："你想不想当宫廷乐长？"工资一年 600 杜卡特[2]，相当可观。

——这是求之不得的事。维也纳这样一个充斥着各种阴谋和卑劣行径的地方，没有必要再待下去了。

贝多芬不假思索地接受了这个邀请。那里除了工资，还会提供旅费，工作全凭他的心意，这是求之不得的事情。最

---

[1] 威斯特伐利亚：立志征服整个欧洲的拿破仑在 1807 年成立的国家，位于现在的德国北部。拿破仑让自己的弟弟热罗姆当上了该国国王。

[2] 杜卡特：意大利威尼斯所铸货币，在 13 世纪至 19 世纪通行。——译者注

重要的是，那个小国的国王不是别人，正是拿破仑的弟弟热罗姆·波拿巴！

——这个邀请或许是出于拿破仑的授意。

至今还无法割舍对拿破仑那崇敬之情的贝多芬一厢情愿地做出了这样的解释，他瞒着大家暗自推动这件事情，一直到了最后签约阶段。

"哎呀！"到了关键时刻，贝多芬才把这件事告诉了埃德迪伯爵夫人，她惊讶得说不出话来，只能盯着贝多芬看。

夫人一眼就看出让贝多芬动心的不是地位和薪水，而是"拿破仑弟弟的宫廷"这一绝对条件。

——那个男人是为了什么？

夫人在大脑中快速地推测。

拿破仑是那样的人，他的弟弟对音乐也毫无兴趣，这是尽人皆知的。邀请贝多芬，无疑是要为这个仓促建立的王国提升形象。毕竟光靠哥哥给予的王位是无法维持国家威严的。不能让贝多芬去那样的地方。他现在出于对维也纳的偏见，无法做出正确的判断。退一步讲，凭他的耳朵，怎么可能当上乐长……

夫人聪明地没有当场劝说贝多芬。不过，为了让贝多芬转变想法，她说："您最好再考虑考虑。威斯特伐利亚比这里要偏远得多，在那样的地方能有让你满意的工作环境吗？而且，当上乐长，就等于被剥夺了自由。"

当天，夫人就把贝多芬的所有赞助人召集到洛布科维茨侯爵家，商讨善后对策。

对于病中的夫人来说，这样的行动力简直难以想象。

"我不能让贝多芬去到那种毫无前途的地方。"

"他被威斯特伐利亚抢走，那是维也纳的耻辱。"

"无论如何，必须让他拒绝拿破仑弟弟的邀请。让贝多芬说说留在维也纳的条件吧。"

赞助人们很快统一了意见。为避免节外生枝，他们让贝多芬的勤务员格莱申斯坦男爵传话。

"当然，我喜欢维也纳，也爱这个城市。再说，这里是我的第二故乡。如果可以的话，我也不想离开。"

贝多芬对赞助人的挽留感到非常高兴。

而且，自从听埃德迪夫人那么说过之后，他开始对新职位感到不安。

——他们知道我这耳朵的事吗？如果不知道的话，那可就糟糕了。

贝多芬向格莱申斯坦男爵陈述了自己留下来的条件。

"与威斯特伐利亚国王提供同等年薪。也就是说，根据维也纳物价高涨的现状，我希望年薪能达到4000弗罗林[1]。这份

---

[1] 弗罗林：欧洲的一种流通货币。——译者注

年薪可以由几个贵族分担。此外，我还应该拥有去其他地方和国家演奏旅行的自由，这样既能出名，又能赚到钱。还有每年复活节前的周日使用河畔剧院的权利，因为有时我有必要向广大听众发表新作品。如果有一天我能获得维也纳宫廷乐长的地位，那就是无上的幸福。如果那时候工资超过4000弗罗林，我会把年薪悉数退还。"

贝多芬的所有条件都得到了认可，一个月后，正式的合同送到了他的手里。

合 同

为了不让天才音乐家贝多芬因为生活费而背负重担，以下签名者有责任按照如下约定支付每年4000弗罗林的薪水。

鲁道夫大公：1500弗罗林

洛布科维茨侯爵：700弗罗林

金斯基侯爵：1800弗罗林

签字人发誓将上述年薪支付给贝多芬，直到他从其他地方拿到同等工资为止。另外，如果他不幸因事故或年老而不再从事艺术创作，那么年薪将作为终身养老金予以发放。

在上述条件下，贝多芬发誓会定居维也纳，只有在必要的情况下才可以离开居住地。

于维也纳

1809 年 3 月 1 日

我们从这份合同中一眼就能看出贝多芬多么受维也纳贵族的尊敬和重视。

这份合同表达的内容很简单：

"我们会支付你想要的年薪，条件只有一个，就是留在维也纳。"

贵族超乎寻常地被贝多芬的才华所吸引，特别是年轻的贵族。

在这里签名的贵族，年龄都比 38 岁的贝多芬还小。最年长的洛布科维茨侯爵 35 岁，金斯基侯爵 27 岁，皇帝的弟弟鲁道夫大公 21 岁。这三位年轻的贵族分担年薪的支付。

——了不得的名誉和幸运降临了。没想到大家对我这么好！

贝多芬感激不尽。4000 弗罗林，足够他一个人过日子了。虽然物价在上涨，但他到维也纳多年来一直靠每年 600 弗罗林维持生活。而现在，只要"留在维也纳"，每年就能赚到 4000 弗罗林的巨款。至此，贝多芬对维也纳的恶意和偏见一扫而空。

贝多芬一边着手准备献给鲁道夫大公、洛布科维茨侯爵，以及促成这份年薪合同的幕后功臣埃德迪伯爵夫人的作品，一边着手制订得到许可的演奏旅行计划。

"德国的各个城市，然后是海顿赚了很多钱的伦敦，再到法国和荷兰，最后是西班牙。如果成功的话能赚很多钱吧。带谁去呢？把琐碎的事情交给谁呢？啊，真是前途光明啊！"

贝多芬终于感到自己也交了好运。

抓住这个机会积攒一大笔钱吧。这样一来，在关键时刻就不会手忙脚乱了。为了安定的生活，现在正是该冒险的时候。

但是，这个世界并没有平静到足以接受他的冒险。

征服了整个欧洲的拿破仑，为了征服剩下的岛国英国，开始实施大陆封锁（对英国封锁欧洲大陆的市场，从经济方面搞垮英国。这一战略给了与英国有贸易关系的欧洲国家以巨大打击）。欧洲各国掀起了抗议运动。在奥地利，所有的国民都燃起了爱国心，秘密地组织军队，准备战斗。奥地利虽然三次输给拿破仑，但并没有放弃。他们相信勇气和胜利，准备参加第四次战斗，而这场战斗已经迫在眉睫。

贝多芬雄心勃勃的旅行计划，就是在这样一个动荡不安的时期制订的。

又是拿破仑。

在拿破仑的野心面前，贝多芬的梦想就像风中残烛一样脆弱不堪。

CHAPTER 6

第六章
最后的结婚计划

贝多芬为特蕾丝写了一首可爱的钢琴曲,曲谱封面上写着"献给特蕾丝"。看到特蕾丝的小狗跟在自己身后,他就深信不疑:"她们家不只是父母,连小狗都把我当成家庭一员了!"这促成了他最后一次结婚计划。

贝多芬开始雄心勃勃地制订旅行计划，是在 1809 年 3 月中旬。

仅仅一个月后，拿破仑的军队就逼近了邻国德国，维也纳上空笼罩着战争的乌云。

"德军能抵挡拿破仑到什么地步呢？"

"不，德军不会战斗的，他们只会让侵略军过境。对他们来说，这是毫无益处的战斗。"

"法军明天就会渡过多瑙河，包围维也纳。"

人们不安地关注着战争的走向。

为了应对最坏的状况，皇帝一家逃到了普鲁士王国的奥尔米茨。

鲁道夫大公也和皇帝一起离开了维也纳。贝多芬与大公告别，送给他《第二十六钢琴奏鸣曲》（《告别》）。

那是 5 月 4 日的事情。

6 天之后，拿破仑的军队包围了维也纳，皇帝的弟弟马克西米利安大公指挥 16000 名奥地利士兵和 1000 名市民进行防御。拿破仑让他投降。

大公拒绝了。

第二天，对维也纳的炮击开始了。

"这是在做什么,科西嘉的食人魔!那家伙是真的要攻打维也纳吗?"

贝多芬在城墙之内的家(他很久以前就因为与大恩人埃德迪夫人吵架而离开了她家)也遭到了炮弹的袭击,炮火声轰隆作响,几乎震破耳朵。

贝多芬一边诅咒拿破仑,一边捂着耳鸣得头痛欲裂的脑袋逃到弟弟卡尔家,跑进地下室,用枕头蒙住头,拼命地保护耳朵。暂且搁置了与弟弟的"绝交"。

到了这种地步,根本谈不上旅行。

事到如今,保护自己的人身安全才是第一位的。

原本以为会永远持续下去的炮击,在第二天两点半戛然而止。

不忍将维也纳变成废墟的马克西米利安大公在城门上挂上了白旗。

就这样,维也纳再次被法国军队占领。

"哎呀呀,不管怎么说,得救了。暂时忍受占领军一段时间,他们早晚会走的。"

习惯了占领时期生活的维也纳市民互相安慰道。

贝多芬每次看到法国军服,就会气得气血上涌。

他不得不放弃所有旅行计划,更让他担心的是年薪的问题。

拿破仑军队炮击维也纳

——鲁道夫大公去了奥尔米茨，洛布科维茨侯爵逃到了布拉格，金斯基侯爵也加入了军队，年薪还能按照约定支付给我吗？每次我交好运的时候，那家伙总是会冒出来，把一切全都搞砸。拿破仑这家伙，如果他是作曲家的话，我一定会让他输得头破血流！

贝多芬担心自己的生活支柱会全线崩盘，不知所措。

他从来没有比这个时候更不相信贵族的承诺。他们那样热心地把贝多芬留在维也纳，一旦发生大事，却自顾自飞奔着逃到安全的地方去了。

——而且，如果他们被剥夺财产或不幸去世了，那我的年薪又该怎么办呢？该死的战争！该死的拿破仑！为什么总是这样挡在我面前！

雪上加霜的是，卡尔从城里带回的消息让贝多芬在愤怒之余又平添了悲伤。

"哥哥，不好了，老海顿去世了。"

卡尔气喘吁吁地告诉哥哥其恩师的死讯。

"听说那次炮击时，海顿已经卧病在床了，当他看到仆人们在被炮弹袭击的房子里战战兢兢的时候，就把他们召集到钢琴旁，亲自弹了三次奥地利国歌。77岁的高龄啊，真是了不起的勇气！之后，他的病情一下子加重，这两个星期只是勉强活着。一定是战争时受到的冲击和持续的悲伤折了他的寿命吧。城里都在说是拿破仑杀了海顿。哥哥要去参加葬礼吗？灵柩马上就要离开海顿家了。"

贝多芬立刻赶到海顿家，但是并没有加入送葬队伍。那个时候，送葬队伍已经静静地走在海顿家所在的街道上，灵柩被红色的法国军服团团围住。

拿破仑为了显示自己的宽宏大量，安排了大批护卫兵护送灵柩。

——蠢货。他以为那样做就能提高自己的价值吗？真不知廉耻。难道他还想厚着脸皮从自己杀死之人的名声中沾光吗？

贝多芬在建筑物的阴影处目送着送葬队伍，心中充满了愤怒和悲伤。尽管如此，内心深处却也升起了对拿破仑的厚颜无耻的一丝尊敬。

这就是暴发户的强大之处。从平民之身白手起家，想要获得地位和权力，就必须有这种厚颜无耻的精神吧。如果在意别人的议论，在意面子，什么都做不了。

——那个男人真了不起。他到底要做到什么程度呢？既然这样，那就让我看到最后吧。

尽管遭受了这么大的损失，贝多芬内心深处还是无法割舍对拿破仑的共鸣和向往。

"维也纳的物价比战争前涨了好几倍，而且食物也不足。所有东西的价格都翻了一倍，所以很缺钱。我送您三首大曲子，

海顿的家（摄于20世纪80年代）

请速送 250 古尔登。"

"连续工作了几个星期，那些努力就像打水漂了一样。在这样悲惨的生活中，到底是为了什么而工作呢？也没有田园的乐趣。好不容易取得的地位也岌岌可危。还请您再多给我 20 杜卡特。这里的生活，所有物品都涨价到令人吃惊，比以前要贵三倍。"

贝多芬为了撑过手头拮据的生活，向伦敦和苏黎世的出版社拼命推销自己。

同时，他还创作出了献给鲁道夫大公的《第五钢琴协奏曲》（这部作品的风格非常大气，后来被冠以副标题"皇帝"。这个副标题和"命运"一样，也不是贝多芬自己取的）。

贝多芬很快就开始从战败的打击中振作起来了。

第二年即 1810 年 3 月 11 日，拿破仑与奥地利皇帝的女儿玛丽·路易丝（Marie Louise）结婚。

维也纳的人们很悲伤。

玛丽·路易丝才是这次战争的最大受害者。为了换取和平，她成了牺牲品。但是对所有人来说，和平是更不可替代的。

随着社会安定下来，贝多芬的不安也渐渐平息。

年初回到维也纳的鲁道夫大公和洛布科维茨侯爵不仅按照约定支付了年薪，还帮忙分担了在波希米亚服役的金斯基侯爵的部分。

外国的出版社也陆续为贝多芬交付的作品付款。

他的住处也安定下来了。贝多芬再次租借了两年前住过的城墙上的建筑物五楼的房间。

贝多芬以为是自己运气很好，所以同一个房间还空着。但实际上，是这里的房东，也就是贝多芬的粉丝帕斯夸拉蒂（Pasqualati）男爵，为了让这个反复无常的房客随时可以回来，一直空着这个房间。

——年薪是4000弗罗林，这里的房租一年500弗罗林。虽说物价涨了三倍，但有这样的收入，生活应该能安定下来了吧。

贝多芬的心情久违地激动起来。他已经是第十几次恋爱了，而这一次，他是认真考虑结婚的。贝多芬39岁了。像这样剧烈地折磨身心的恋爱，也许是最后一次。

这段恋爱持续了3年。

3年前，勤务员格莱申斯坦男爵向贝多芬介绍了富有的马尔法蒂家族。从那时起，贝多芬就强烈地被这家的大女儿——17岁的特蕾丝所吸引。

同样经常出入这个家庭的格莱申斯坦男爵已经与特蕾丝的妹妹安娜坠入爱河，并且已经幸运地订婚了。

——特蕾丝和她的父母都在等着我求婚呢，那鼓励的眼神，那充满信任的语气。

贝多芬每次去马尔法蒂家都备受欢迎，受到高规格的款待。于是他渐渐这么想，现在已经是深信不疑。

尽管如此，一些不安还是阻碍了贝多芬的前进。

"年龄差距会有影响吗？"

"对方会对我的地位和收入感到不安吗？"

"你觉得特蕾丝她真的爱我吗？"

贝多芬热切地向格莱申斯坦男爵吐露心声，他自以为也许能和男爵成为连襟。

格莱申斯坦很为难。

听贝多芬这么一说倒也似乎有这么回事，但特蕾丝的心思果真如此吗？她的父母又如何呢？

可是，贝多芬又泪汪汪地握着他的手说："啊，我对她喜欢得不得了。特蕾丝虽然比我小22岁，但她的热情和才智胜我一筹。每次听到别人提起她，我的心就仿佛被揪住了一样疼，但一想到她将会治愈我，就连这种痛苦也令我感到高兴。啊，谢谢你带我去了那个家。接下来只要我有求婚的勇气就好了。"面对这样向自己倾诉的人，"你还是冷静一点比较好"这样的话怎么能说得出口呢？而且，说不定对方的心思确实如贝多芬所料。恋爱这种东西，有些信号只有本人知道。

在格莱申斯坦男爵看来，坠入情网的贝多芬也格外可爱。

贝多芬兴冲冲地为特蕾丝创作了钢琴曲。这是一首小品，封面上写着：

献给特蕾丝[1]，
作为贝多芬的回忆

贝多芬满意地看特蕾丝用纤长的手指弹奏这首曲子。

有些时候，他还会得意扬扬地向格莱申斯坦男爵炫耀说："特蕾丝的小狗没跟在你后面，而是跟在我后面呢。"

"不只是这一家人，就连小狗也把我当成未来的家庭成员呢。"

在贝多芬看来，小狗的行为具有这样重要的意义。

为了得到马尔法蒂家的青睐，贝多芬开始注意自己的生活起居。

在此之前，贝多芬穿衣服总是随手一拿，有什么穿什么，再怎么不协调、再怎么老旧的衣服他也毫不在意。看不下去的格莱申斯坦和兹梅斯卡尔男爵悄悄地帮他替换新衣，贝多芬也没有注意到。

---

[1] 贝多芬小品中最著名的《献给爱丽丝》就是这首曲子，发现这部作品的诺尔把"特蕾丝"念成了"爱丽丝"，所以现在叫这个名字。

特蕾丝·马尔法蒂

这样的贝多芬，现在却接连不断地向格莱申斯坦提出服装方面的需求。

"亲爱的格莱申斯坦，我给你 300 弗罗林。请帮我买衬衫用的亚麻或孟加拉面料，以及至少半打领带。因为做这种事实在不符合我的性格，我完全摸不着头脑。请你随意帮我挑选，但是请不要耽搁时间。你知道我的需求多么迫切。"

"格莱申斯坦，我给你 50 弗罗林作为红领结的费用。不够的话请告诉我。"

衣服购置完成后的信变成了这样：

"你几点到那所房子去？你睡得很安稳吧，而我几乎没有睡着觉。不过，与其睡得很沉，还不如就这样醒着。"

在这件事上，兹梅斯卡尔男爵也没办法袖手旁观。他接连收到了一些奇怪的请求。

"兹梅斯卡尔先生，请把你窗边的镜子借给我两三个小时。因为我的坏了。"

"兹梅斯卡尔先生，请原谅我频繁的叨扰。如果你能帮我买一面和你的一样的镜子，我将不胜感激。费用我会马上支付。"

"兹梅斯卡尔先生，请你不要生气。我现在把镜子还给你，在你帮我买到和你的一样的镜子之前，如果你不需要用到的话请马上再给我寄过来好吗？愿你安好。以后请不要称呼我为伟大的人。我从来没有像现在这样深感人性软弱。"

"兹梅斯卡尔先生，对了，请告诉我新镜子花了多少钱。再见。"

有谁能想象这个笨拙的天才在镜子前，努力用新衬衫和红领结打扮自己的样子呢？这已经不能说是滑稽，而是近乎可怜了。

知道贝多芬真挚恋情的，不只有他在维也纳的朋友。

在波恩附近的科布伦茨当医生的好友韦格勒，也从收到的一封信中得知了贝多芬的近况。

"你应该会接受我这个朋友的请求吧？我需要我的洗礼证书[1]。如果你觉得亲自去波恩调查一下比较好，费用全部由我来承担。但是，有一件事希望你记着。那就是我曾经有一个哥哥，名叫路德维希·玛利亚，他已经去世了。要确定我的准确年龄，首先必须了解我哥哥的情况。不幸的是，我一直不知道自己的年龄。以前有一本家庭手册，但我弄丢了。所以给你添麻烦了，请您先调查一下路德维希·玛利亚，然后再找找后来出生的路德维希。请你帮我把洗礼证书寄来，越快越好。"

---

[1] 洗礼证书：在基督教习俗里，人们一出生就在教堂接受成为信徒的洗礼。在贝多芬出生的波恩，按照习俗，人们在出生后第二天接受洗礼。因此，只要看教堂的洗礼证书，就能知道自己准确的出生日期。

——对方是谁呢？但愿这次能顺利……

韦格勒被好友迫切的信件所打动，立刻启程前往波恩。那是 5 月初的事。

贝多芬的心就像暴风雨中的小船，摇摇晃晃。

一到 5 月，马尔法蒂家就住到了乡下的别墅，但他并没有受到邀请！

这给贝多芬忘乎所以的心情泼了一盆冷水。

——为什么？！明明格莱申斯坦都被邀请了。为什么？！为什么？！

贝多芬无法抑制想见特蕾丝的心情。但是，没有被邀请的他唯一能做的，就是给特蕾丝写一封忧郁的情书，然后送上邮政马车。

"碰巧我有个熟人住在你家附近。改天我早点去你那里待个 30 分钟，然后离开吧。待太久了让你觉得无聊也不行。虽然我还没有资格这么说，但还请代我向你的父母问好。想我的时候请开心一些，忘记我粗野的举动。即使你对我漠不关心，我也比谁都希望你生活得快乐幸福。你忠实的仆人兼朋友，贝多芬。"

特蕾丝没有回信。

在不安和焦虑的驱使下，贝多芬终于向格莱申斯坦低头了。

"我求你了,请你代替我向她父母提亲。我一直很想这么做,可是怎么也没有勇气说出口。再说,这种事应该有个中间人更正式吧?你是我最亲近的人,而且现在就像他们的家人一样,所以请你代我去和特蕾丝的父母谈谈。就这样。"

格莱申斯坦可靠地点点头,回到乡下去了。

从那以后的每一天,对贝多芬来说都像被拷问一样煎熬。

——他说了吗?不,还没有吧……

——他帮我说了吗?不,他比谁都要谨慎。

——他一定已经说过了。不,要是说了一定会有回音的。所以还没说。

贝多芬一边这样自问自答,一边像疾风一样在维也纳的大街小巷穿梭。

他什么事都干不了,饭也吃不下。

可是,他望穿秋水也没有等来回信。

终于忍耐不住的贝多芬给格莱申斯坦写了一封肝肠寸断的信。

"已经驶入安全港湾的你,不知道我这个依然在暴风雨中的朋友的苦恼。不,你都不想知道。那些人对我是怎么想的,在不与我见面的情况下又做出了怎样的判断呢?我想明早在我的住处和你见面,9点钟等你吃早饭。我希望你能更坦率一点,你一定对我有所隐瞒,而且最致命的事情也不明确告诉我,这样模棱两可让我更加痛苦。来不了的话请事先通知我。凡事请为我考虑和行动……我已经写不下去了……"

第二天早上,格莱申斯坦准时来了。

贝多芬一看到那张脸,就什么都明白了。

"我知道了,我知道了。和以前一样!总是这样。我只是他们的乐师而已!他们邀请我到家里去,和我亲密地交谈,都只是为了让我弹琴而已!没错,没错。友情啦爱情啦这些东西,只会伤害我,你也是这样。你明明知道,却一直欺骗我。对吧?女儿可以嫁给你,却不能嫁给我。为什么?为什么?你走吧。我感谢你。很抱歉让你站在这样的立场上。祝你幸福。求你了,在我说更多无礼的话之前出去吧。出去!"

紧闭的门内,镜子碎了,桌子倒了。

格莱申斯坦男爵咬着嘴唇,握紧拳头,站在原地。他很庆幸,至少不用亲口说出残酷的话。特蕾丝的父母说了,对一个耳朵不好、生活也不像样的中年男人,根本不可能把心爱的女儿嫁给他。

暴风雨般的钢琴声在房间里响起。在这声响之间,断断续续地传来贝多芬的呻吟声。

"可怜的贝多芬啊,你在外界绝对找不到幸福!在自己身上寻求幸福吧。你要正视自己的命运。你的命运没有喜悦,没有安稳,也不会有普通人那种期盼。贝多芬啊,不要再从恋爱和友情中寻求救赎了!等待你的只有孤独、残酷的人生!"

贝多芬真挚的爱情就这样被粉碎了。

这就是他最后一次结婚计划。

CHAPTER 7　第七章

与歌德的会面

"我对像蛆虫一样的贵族一点兴趣也没有。像你我这样的才是伟大的人,蛆虫们应该向我们致敬。"

贝多芬在贵族聚集的大街上对歌德大声说道。

歌德目瞪口呆地看着贝多芬。

第七章　与歌德的会面

此后的每一天，贝多芬都带着无可救药的灰暗心情，闭门不出。

格莱申斯坦男爵和马尔法蒂家对这件事保密。这是男爵为了不破坏与贝多芬的友情的温柔关怀。但是，该知道的人也都知道了。那些人极力避免触碰贝多芬的伤口。专程前往波恩的韦格勒并没有送来洗礼证书，也是因为从别人那里听说了这个结果。

"他又选错对象了。"

亲友们默默守护着，祈祷着贝多芬内心的伤口早日痊愈。

时值5月。

初夏甜美的风吹进了城墙上的贝多芬家里，让这个忘记了季节和其他一切的悲惨男人感受到了春天正盛的气息。

在风的召唤下，贝多芬站到窗边，久违地把目光聚焦起来，向窗外眺望。

不知何时起，维也纳的森林已经重新披上了美丽的绿衣，让贝多芬不由得想起了田园的快乐。

——还好接下来不是冬天……

贝多芬梳了梳被初夏舒适的风拂乱的头发，感到最痛苦的阶段已经过去了。

他一时兴起,突然说:"来读读歌德的诗集吧……"

拿起诗集读了几分钟后,他就坐到钢琴前,专注地为其中一首诗谱起了曲。

那是一首题为《迷娘曲》的诗。

你知道吗,那柠檬花开的地方,
茂密的绿叶中,橙子金黄,
蓝天上送来宜人的和风。

突然,贝多芬感到有一双手温柔地放在他的双肩上。

他吓了一跳,抬头望向身后。

那里站着一位年轻貌美的女子。

"我叫贝蒂娜·布伦塔诺(Bettina Brentano),没经过同意就进来了。"她凑到贝多芬的耳旁,自我介绍道,"大家都害怕,不敢把我带到您这里来。他们说您讨厌社交,不和任何人说话。所以我就自己找到您的住处,来拜访您了。"

听到初次见面的女子如此率真的话语,贝多芬高兴得不得了。

"是的。大家都这么说,把我塑造成一个讨厌人类的怪人。但今天你知道了,事实绝非如此。我刚刚为歌德的诗谱了一首曲子,您要听吗?"

贝蒂娜微笑着点点头，听了刚刚诞生的《迷娘曲》。

贝多芬的声音并不动听，也不甜美，但贝蒂娜感动得热泪盈眶。

"我现在来到这里，听到这首歌，简直是一个奇迹。"听贝多芬唱完以后，贝蒂娜激动地说。

"我是歌德的'孩子'。哎，这个很难解释。我的母亲很长一段时间都爱着歌德，也被歌德爱着，但是因父母逼迫和别人结婚了。母亲在我8岁的时候去世，很久之后，我读了歌德寄给母亲的很多情书，也去见了歌德。歌德说我长得和母亲很像，也是他的'孩子'，从那以后，我们之间就有了很深的联系，刚才您唱的《迷娘曲》里，歌德也描写了我的样子。如果您还有给歌德的其他诗作谱的曲子，请唱给我听。"

"啊，好的，我很乐意唱给你听。像你这样心思敏感的人，是天生的艺术家！"

贝多芬被贝蒂娜的故事深深吸引，情不自禁地唱起了歌德的另一首歌《别擦干不朽爱情的眼泪》。

从这一刻起，贝多芬和贝蒂娜之间狂热的友情开始了。

贝蒂娜到来的那一天，贝多芬就被邀请到她的哥哥和嫂子家里，成为一家人的朋友。接下来的每一天，他都和贝蒂娜一起在街道、公园和舍恩布龙宫的庭院里转悠。

"我总是在太阳升起之前就开始那神圣的一天的工作，

歌德

贝蒂娜

直到太阳落山，看不见周围的东西为止。我甚至不记得要吃饭。但是忘我的时刻对我来说是最幸福的。只要抽出身来，我就会发出叹息，因为看到的、听到的东西都与我的想法相反。音乐是凌驾于所有知识和哲学之上的真理，但谁都不知道这个道理。我一个朋友也没有。我必须一个人生活下去。但是，不必害怕，我知道我比其他艺术家更接近上帝。"

第一次一起上街时，贝多芬就突然在街上停下脚步，用力抓住贝蒂娜的胳膊，一口气说了这些话。

贝多芬的大嗓门让周围的人都吃惊地停下脚步，目不转睛地望着这对奇怪的搭档。

但是，贝蒂娜丝毫没有感到羞耻。她全神贯注地聆听贝多芬一本正经的话语。贝蒂娜敏感的心思让她正确地解读了贝多芬的才华。她虽然还是个25岁的年轻女孩，但已经在女作家中崭露头角，有才华的她甚至被誉为"浪漫派运动的女预言家"。

又有一天，在花香四溢的王宫庭园里，贝多芬站在阳光下，仿佛被热浪所感召般说道："歌德的诗无论是内容还是节奏，都具有压倒我的力量。遇到这种充满和谐的神秘的诗，我就会受到震撼和刺激，从而产生作曲的欲望。音乐是唯一能将心灵与感觉正确结合在一起的东西。我想和歌德谈谈这个问题。请你告诉他我的事，请他听听我的交响曲。他听了一定会理解我的想法,音乐是进入高阶知识世界的唯一入口。"

每次散步后,贝多芬都会去贝蒂娜的兄嫂家,主动进行钢琴即兴演奏。他倾注了灵魂和力量的演奏让听众们兴奋不已,而听众的兴奋又让贝多芬的创造力更加旺盛,他的手指轻松地弹奏出了难以想象的技巧。

像初夏的风一样出现的贝蒂娜,对贝多芬来说是最大的救赎。失恋的打击眼看着消失了,取而代之的是得到了真正理解自己的人的与日俱增的喜悦。

在与贝多芬见面几天后,贝蒂娜给歌德写了一封很长的信。

一位年轻的姑娘能直接给当代最伟大的诗人、魏玛公国的政治家歌德写信,这足以证明歌德和贝蒂娜的关系多么特殊。

贝蒂娜在信中把自己记得的贝多芬说的话全部写了下来。还将他即兴演奏的样子,乍看像个怪人及其理由,以及他以强烈的个性俘获了自己等等内容,写入信中。事实上,贝蒂娜这几天已经忘记了自己身边的世界,甚至连歌德都忘记了。

接着,贝蒂娜深感词不达意地表达了自己的意见。

"他已经遥遥领先于全人类。也许现在没有人这么认为,也没有人相信。如果和您见了面,我也许能说得更明白一些。我相信,人具有神圣的魔力,这正是精神上的才华的要素。贝多芬在他的艺术中运用着这种魔力,从自己体内创造出了过去未曾被预期、被创造的东西，我们到底能不能赶上他呢？……但是，如果他能长命百岁，把隐藏在他灵魂里的强大而高贵的谜团充分展现出来，等他到达最完美境界的那一天，我们就可以从他手中接过接近天堂的真正幸福的钥匙吧……"

迄今为止，贝多芬有过很多粉丝，其中也有理解力卓越的人。

但是，没有人能像贝蒂娜那样正确、直接地理解贝多芬的才华，并预见到这位天才正走在遥远的前方。

就此而言，贝蒂娜可以说是第一个理解贝多芬的人。

歌德回信了。

"亲爱的小姐，想象您在信中所描述的'真正伟大的精神'是一种极大的乐趣，我甚至承认您所说的几件事与我的内心是一致的。与他亲密交往，交换思想和感情，将是一件非常美好而有益的事情。请向贝多芬转达我衷心的问候。另外，请告诉他，无论付出怎样的代价，我都想接近他。我每年夏天都去卡尔斯巴德，请告诉他我们可以在那里好好见一面。"

"啊，为什么没有早点这样做呢？"

贝多芬从贝蒂娜那里听了歌德的口信，拍手大叫。

"如果有人能让他懂音乐，那就是我！这个夏天不管发生什么事，我都要去见歌德！"

然而，两人真正的会面拖到了两年后。

第一个夏天，分担年薪的大赞助人兼热心徒弟鲁道夫大公请求他"不要离开维也纳"，贝多芬为了履行对大公的义务，每天都必须去舍恩布龙宫。毕竟大公是皇帝的弟弟。他年仅22岁，虽然对贝多芬比较礼貌，但这一请求无异于命令。而且大公一直保护不懂礼貌的贝多芬不受宫廷里那些挑剔的人的责难，贝多芬必须好好对他。

第二年，贝多芬和歌德的中间人贝蒂娜结婚了，她与贝多芬的关系稍微疏远了一些。贝多芬被风湿病和头痛所困扰，不得不到特普利策的温泉疗养，这也是会面延期的原因。

在此期间，贝多芬的人气一路攀升。

"每天都有出版社和不认识的人向我询问曲子的情况。著名雕刻家克莱因教授说要为我制作半身像。被这些想都没想过的荣誉包围，感觉精神要不正常了。这种情况到底要持续到什么时候？太过幸运，会让我对未来感到不安。"

贝多芬对兹梅斯卡尔男爵这样告白。随着贝多芬的名声越来越大，担任他的勤务员的男爵工作也越来越多。最近男爵一直被他委托制作羽毛笔。男爵很高兴地完成了这项工作，每天晚上贝多芬都会到天鹅馆用餐，他就拿着刚做好的羽毛笔出现在那里。

伟大的艺术就在这支笔下诞生。削羽毛轴做支笔的工夫，又算得上什么工夫呢？

舍恩布龙官（当时的画作）

现在的舍恩布龙官殿庭园

作曲中的贝多芬

第七章 与歌德的会面

贝多芬与歌德的会面终于在1812年7月中旬实现了。地点是波希米亚的温泉胜地特普利策。

那一年的特普利策，就像举办国际会议的场地一样热闹。

一个月前，拿破仑率领60万法军远征俄罗斯。曾被拿破仑痛击的各国王侯认为，这次拿破仑一定会输。

"远征俄罗斯必将成为对拿破仑的致命一击。"

"各国的国王必须看情况联合起来采取行动。"

如日中天的帝王将走向自我毁灭之路的预测（事实确实如此，这一年10月，拿破仑率领仅剩5万人的法军从莫斯科仓皇而逃）已经在整个欧洲的国王之间传遍，让大家激动不已。如果不想出彻底打败拿破仑的计谋，还谈什么政治？怀着这样的想法，王侯们借着社交或疗养的幌子，陆续聚集到了指定的集合地。

"5月29日，奥地利皇帝及其随员。"

"6月4日，法国玛丽·路易丝王后及其随员。（王后是奥地利皇帝的遗女）"

"7月2日，奥地利皇后及其随员。"

"7月7日，萨克森－魏玛公爵。"

"7月17日，萨克森国王及其王室成员。"

特普利策城的抵达者名单上，陆续写满了尊贵人士的名字。其中当然也包括贝多芬的赞助人鲁道夫大公、金斯基侯

当时介绍特普利策的明信片上的画作

爵和利赫诺夫斯基侯爵。除了这些王公贵族,来自普鲁士、柏林和布拉格的政治家和企业家也聚集在这里。

在群星闪耀般的名字里,"维也纳作曲家路德维希·凡·贝多芬"于7月7日出现,"魏玛枢密顾问沃尔夫冈·冯·歌德大公爵"的名字则被记录在7月15日。歌德由于政治上的种种功绩,已经被授予了大公爵的头衔。这时贝多芬41岁,歌德63岁。

"你给我寄来的《艾格蒙特》序曲[1],我一天要请别人弹好几次。你的才能让我发自内心地感到惊讶,也深深打动了我。"

"作为尊敬阁下的人之一,能得到您这样的称赞,我感到无比幸福。每当读阁下写的诗,我就会萌生新的感动,在这种感动的引导下作曲。"

两人互相称赞对方的才华,会面顺利开始了。

第二天,两人一起去附近的山上野餐,一起吃了晚饭。

——多么奔放啊!多么强大啊!我从未见过比他更有精神、更有内涵的音乐家。真是惊人的才华,恶魔般的才华!

晚餐后,歌德第一次听到了贝多芬的即兴演奏。

---

[1]《艾格蒙特》序曲:贝多芬为歌德的剧作《艾格蒙特》配乐的歌剧。序曲是剧作开幕前演奏的乐曲。

贝多芬的即兴演奏时而优美，时而激烈，激烈时仿佛要把旅馆的钢琴砸坏。

歌德渐渐感到一种会被摄去心魄的不安。

到了第三天，两个人已经像好朋友一样亲密地挽着胳膊，在墨绿的树荫下散步。

贝多芬与德国最优秀的诗人意气相投，把顾虑和小心完全抛在了脑后。

贝多芬认为歌德才是自己唯一的同类。

"我对像蛆虫一样的贵族一点兴趣也没有。"

贝多芬在贵族聚集的大街上，大声对歌德这样说道。歌德拥有公爵头衔这件事，他根本没往心里去。

"并不是拥有头衔和勋章就能成为伟大的人。像你我这样的人才称得上伟大，蛆虫们应该反过来向我们表示敬意。"

歌德目瞪口呆，看着自己身边紧紧抱着胳膊走路的贝多芬。虽然他身高不足一米六，却昂首挺胸，充满自信。

——他是认真的，但是也太有自信了。这就是他不加掩饰的真性情吧。尽管如此，在王公贵族中间称呼他们为蛆虫，实在是不理智。

歌德感到自己身处险境，立刻改变了话题。

"对了，我们的贝蒂娜小姐，不，现在应该叫夫人了，她明天就要来特普利策，但是很遗憾，我不能见她了。她因为一些事情和我妻子吵架了,在妻子面前,我也不得不忍耐。"

"哦……"

贝多芬抬头直视着歌德的脸。

"像阁下这样的人也会害怕太太吗?得到贝蒂娜小姐这样真正有才华的人的赞同,对我来说比什么都珍贵。"

"的确如此,的确如此!"

歌德没有反驳。他对贝多芬的态度和话语感到愤怒,但是用同情克制住了这份愤怒。

——也难怪这个男人不乐意让其他人痛快。毕竟他因为这双耳朵和这样的性格,比别人多吃了很多苦……

来来往往的人一看到歌德,就凑过来打招呼,或者问两句近况。

街上的人越来越多,两人的对话也反复被打断。

"大家这么跟我打招呼,真是没办法啊。"

在打发了一群贵族之后,歌德心里得意,嘴上却这样对贝多芬说道。可是当听到对方的回答时,歌德不禁怀疑自己的耳朵。

"阁下不必在意,他们都是来问候我的。"

贝多芬确实是用绝对不会听错的音量说了这么一句话。

歌德怀疑着自己的耳朵,被贝多芬牵着往前走,人潮在他面前左右分开。

只见对面有一群人正在悠闲地散步。

"哦,弗朗茨皇帝和贵族们来了。"

人潮左右分开,就是为了让奥地利皇帝一家通过。

歌德慌忙拉住贝多芬的胳膊,想往路边退。

贝多芬却反其道而行之,双腿牢牢钉在原地,瞪着歌德。

"你为什么要这样做?刚才我不是说了吗,那些人才应该对我们另眼相看啊!"

皇帝一家已经近在眼前。

没有时间争辩了。

歌德强行甩开贝多芬抓住自己的手臂,急忙躲到路边,摘下帽子,低下头。

"是吗?这是阁下的做法吗?那我就按照我的方式做吧。"

贝多芬轻蔑地对歌德说道,然后把大衣的扣子扣好,把帽子压低到眼睛上方,双手背在身后,像一头野猪似的闯进了皇族中间。

两两并排慢步而来的皇族一看到贝多芬就微笑着给他让路。

鲁道夫大公摘下帽子,对贝多芬说:"您好!"

皇后特意停下脚步说:"您什么时候能来我这里弹琴呢?"

皇帝微笑着对身边的人说:"这个世界上也需要这样

第七章　与歌德的会面　　153

与皇室擦肩而过的贝多芬和恭敬打招呼的歌德

的人。"

贝多芬受到皇族们的宠爱和宽容,虽然没有像他所希望的那样"另眼相看",但他们就像对待一个孩子一样,愿意宠着贝多芬。

穿过皇帝一家的贝多芬回过头,目不转睛地看着弯着腰恭恭敬敬打招呼的歌德。

贝多芬毫不留情。

他回到了把帽子戴回头上的歌德身边,高声呵斥道:"你这样也能叫诗人吗?诗人该做的不就是维护人类的自由和平等吗?诗人怎么能屈服于表面上的权威?你的态度看了真让人发笑。如果你那么喜欢宫廷的氛围,那就别当诗人了。话说回来,你还对贝蒂娜小姐犯下了大罪。我实在无法想象你怎么能无视那样有才华的女性。你的态度实在令人不快。"

贝多芬的个性是歌德所不能够承受的。

歌德显然是有常识的人,他尊重权威和地位。贝多芬所说的"自由和平等"只是理想,不可能所有人都拥有自由自在的权利。无论是诗人还是音乐家,如果不在某种程度上服从现实就无法生存,这难道不是事实吗?

相互奉承的第一天过去了,贝多芬以粗野的热情给歌德带来不安的第二天过去了,到了坦诚相待的第三天,两人意识到了彼此是"互不相容"的人。

第七章　与歌德的会面

第三天的散步早早地结束了，作为说得太过分的补偿，贝多芬在自己的旅馆里再次即兴演奏给歌德听。随后歌德的赞美让贝多芬再次生起气来。

歌德好像非常感慨的样子，张开双手抱着贝多芬说："这真是一场令人心情愉快的演出。"

——什么令人心情愉快！开什么玩笑，我的音乐从来没有让我愉快过。这个男人到底在说什么？他完全没有理解我音乐的本质。这个男人的理解能力远不及贝蒂娜小姐，他根本就不该成为诗人。真是愚蠢，一言一行都没有诗人的样子。没有必要再和歌德交谈了。

就这样，贝多芬在感到幻灭的同时，也看透了歌德这个人。

歌德也一样。

——他是个了不起的男人，但他太憎恨这个世界了，彻底失去了平衡。他的不幸之处在于，天生个性奔放，却因为耳朵不好，一切都不能如他所愿。即便如此，他的音乐实在是太夸张了，让人听了只有震惊。真是不得了，创作出那种音乐的人，不死也得疯，这是早晚的事情。

歌德在内心深处热烈赞美贝多芬的音乐。但是，他自己并不承认这一点。如果承认了，就会被才华远超自己的贝多芬打破内心的安定。歌德害怕贝多芬，躲避了他。

就这样，两个人期待了两年的会面，毫无成果地结束了。

然而，就在这一年春天到秋天的短短半年里，贝多芬接连写出了《第七交响曲》和《第八交响曲》这两部巨作。

贝多芬的名声不断攀升，创作欲熊熊燃烧，内心还隐藏着对某位女性的爱意，因此，这两部大作成了他少有的明快、充满韵律感、浪漫的曲子。

CHAPTER 8

第八章

突然成了父亲

"法定监护人,也就是说成为卡尔的父亲?也就是说,卡尔要成为我儿子了?真高兴,真高兴,我多么想爱某个人啊!"

弟弟离世后留下了9岁的侄子卡尔,贝多芬代替弟弟成为卡尔的父亲,对少年的爱席卷了他的内心。

回到维也纳后,贝多芬的朋友、宫廷技师梅尔策尔[1]仿佛等待已久一样找上了门。

"哦,是你啊。好久不见,很高兴见到你。我没有必要特意去特普利策的,那个人让我幻灭了。歌德是诗人,他却对宫廷的人毕恭毕敬,那副俗气的样子就是个笑话。"

贝多芬与歌德分别后,每到一处,就把他们与皇帝一家发生的事当作笑话到处宣扬。如果不这样做,就无法平息他期待落空的失落感。他很清楚自己的四处宣扬会传到歌德的耳朵里,但他毫不在乎。期待落空以后,贝多芬的态度总是越来越极端。

梅尔策尔对歌德的坏话不感兴趣,他默默地把双手抱着的东西递给贝多芬。

"这是什么?"

"给你的礼物,打开吧。"

贝多芬哗啦哗啦地打开纸包,里面滚出四个喇叭管。

"这是助听器,我一边研究大小和形状一边试着制作的。我想如果你戴上的话,会听得比以前清楚。小的只要戴在耳

---

[1] 梅尔策尔(Johann Nepomuk Maelzel,1772—1838):作为维也纳的宫廷技师,发明了很多东西,特别以发明了节拍器和百音琴(机械操作演奏的管弦乐器)闻名。

朵上就行了,大的要把这个框套在头上,用手撑住。还有这个最小的只要戴在头上就可以,这样就能腾出双手了。不知道哪一种更适合你的耳朵,你能不能逐一试试?如果有效果特别好的,我就按那个方法进一步研究。"

"原来如此,是助听器啊!是为我做的吗?真是意想不到的礼物。你真是个好人,发明天才。谢谢,谢谢。"

贝多芬抱住梅尔策尔,向他送上了好几个感谢的吻,便立刻投入了实验。

助听器有喇叭形,也有水瓢状的,大大小小共四个,从20厘米到60厘米不等,全部都是用铜和铁皮制作的,看起来并不美观,戴在耳朵上十分冰凉,但贝多芬对此毫不在意。

"嗯,这个不错,这个听得挺清楚的。虽然不能完全恢复到原来的程度,但我已经很满意了。"

贝多芬把它们挨个戴在耳朵上,让梅尔策尔对着喇叭口说话,试了很长时间,最后从中挑了一个小型的,非常高兴地戴在耳边。

"好了,现在这个世界突然变得热闹起来了!不管是音乐会还是聚会,我都有干劲参加了。我要再重复一次,你真是个天才。做出这样帮助别人的发明,你真是个了不起的男人。"

助听器确实帮了忙。不仅对贝多芬,对周围的人也是。有了助听器,朋友们可以把大声说话的音量减小一半,可谓

第八章 突然成了父亲   161

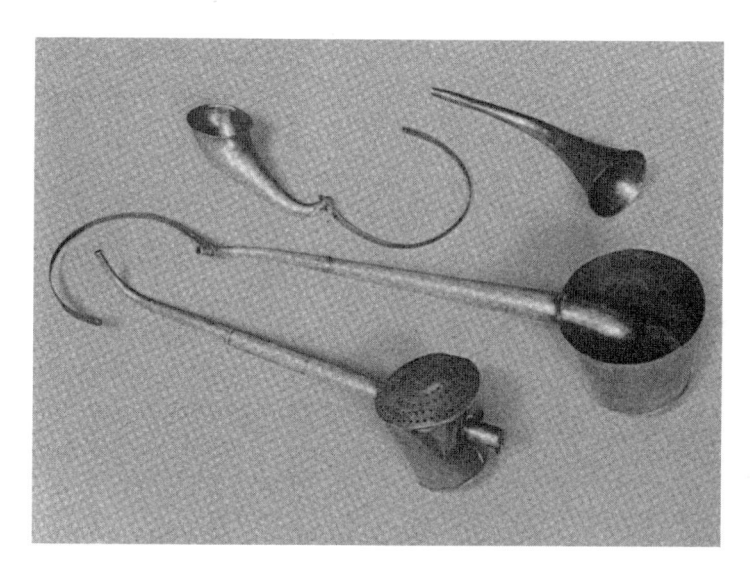

留存至今的梅尔策尔助听器

帮了大忙。

就在这个时候，弟弟卡尔难得上门来找他。

除了维也纳遭到炮击时逃到弟弟家里的那次，贝多芬一直没有理会过弟弟。因此，最近两三年他们都没有见过面。

"是你啊。"

贝多芬就像看到了不想看的东西一样，心不在焉地瞟了弟弟一眼，不打算理会他。但卡尔的变化太大了，他不由得掉转视线，认真盯着弟弟看。

好久没见卡尔了，他瘦得惊人，脸色也特别苍白。

贝多芬心里难过，说话语气也变亲切了。

"怎么了，卡尔，你看起来很不舒服啊。是不是生病了？"

"是啊，这半年来总是浑身无力，工作也很辛苦，我想从政府辞职了……"

贝多芬心中一下子涌起对弟弟的爱和怜悯。

"可怜的卡尔，情况这么糟糕吗？对不起，我应该更关心你才对。来，卡尔，亲我一下，我们还像以前一样和睦地过日子。"

卡尔乖乖地接受了哥哥爆发的爱意后，说出了来访的缘由。

"哥哥，你听说约翰的事了吗？他做了一件让人头疼的事。他雇了一个自称是医生妹妹的女孩当保姆，而且很快就和她同居了。约翰也已经36岁了，所以我认为应该在引起不好的传闻之前让他结婚。"

"什么？那家伙竟然过着那么放纵的生活！刚有了一点财产，就这么放纵了吗？和那样的女孩结婚，简直是荒唐。我马上让他和对方分手。"

贝多芬的注意力从眼前的卡尔转移到了约翰身上。贝多芬和小弟弟约翰因为借钱的事情大吵了一架之后就再也没有来往过。

——那家伙，听说他在林茨开药店赚了大钱，这就得意忘形，过上胡闹的生活了吗？为什么一个个都这么不成体统！真是岂有此理，不可原谅！

贝多芬着急忙慌地赶到林茨。

他闯进了弟弟的药店，命令道："把那个女孩赶出去。"

约翰拒绝了他的命令。

勃然大怒的贝多芬甚至去向林茨的主教、市政府和警察告发，成功取得了把对方从林茨驱逐出去的命令。

也许是贝多芬的名声在林茨也很响亮，所以这样无理的控诉也被受理了吧。

但是约翰已经不是孩子了。

他采取了最切实的手段，和那个女孩特蕾泽结婚了。

这样一来，就算是亲哥哥也没有插嘴的权力了。

贝多芬行事太过张扬，反而让弟弟下定决心做了自己坚决反对的事情，那就是"和不规矩的姑娘结婚"。

这是忧郁的开端。

回到维也纳，等待贝多芬的全是坏消息。

"金斯基侯爵从马上掉下来，死了！"

"洛布科维茨侯爵破产了！"

贝多芬从格莱申斯坦男爵那里听说了重要资助人接连遭遇的不幸，非常震惊。这两个人都不是简单的赞助人，而是三位年薪支付者中的两位。

——我的年薪怎么办呢？最害怕的事情发生了。只剩下鲁道夫大公一人了。但是，大公一个人负担不起全部的年薪吧。现在得狠下心去和金斯基侯爵的遗孀和洛布科维茨侯的财产管理人交涉，让他们继续支付年薪。

另一个赞助人也遭遇了不幸。

利赫诺夫斯基侯爵去世了，自从贝多芬来到维也纳，心地善良的他就一直是贝多芬的狂热粉丝，虽然这几年被贝多芬冷落，但还是经常前来拜访。面对这一噩耗，贝多芬还是备受打击，在灵柩前流下了眼泪。贝多芬很依赖这位好心的赞助人。无论贝多芬对他如何冷漠无情，从23岁在维也纳出道一直到43岁的这20年来，侯爵一如既往地亲切相待，他的存在已经成为贝多芬生活中重要的一部分。

这是1814年4月中旬的事情。

第八章 突然成了父亲

1814年对维也纳来说是特别的一年。这一年9月到第二年6月,在这里召开了国际性会议——维也纳会议。

全欧洲的君主、外交官以及他们的仆人、秘书都聚集在维也纳。人数约有10万。其中还包括俄罗斯、普鲁士、英国、法国等大国的六位国王。

这是为了讨论在拿破仑已经没落,被流放到厄尔巴岛的今天,如何重整因拿破仑和法国大革命而被动摇的欧洲。会议由奥地利皇帝弗朗茨一世主持,议长由奥地利外交部长梅特涅(Metternich)担任,因此会议所需的费用全部由维也纳市民的税金来支付。

"什么会议,见鬼去吧,害得我们都揭不开锅了。"

面临年薪拖欠、物价飞涨的情况,贝多芬只能抱怨道:"王公贵族的聚会,跟我们有什么关系?"

但实际上维也纳会议与贝多芬的生活有很大的关系。

会议前后,贝多芬的人气急剧上升。他并不明白其中的缘由。

——为什么呢?是因为《威灵顿的胜利》吗?

他想,是不是因为前些年写的面向大众的热闹音乐受到了欢迎?

——还是因为赫菲尔画了我的肖像画?

这幅肖像画由阿塔利亚出版社出售,画得非常英俊,连贝多芬自己都觉得很满意。

由此，贝多芬一跃成了大明星。

不用说，贵族们比以前更支持贝多芬了。

结果，来维也纳参加会议的各国王公贵族都把贝多芬视为英雄。

所有的人都想见他。

俄罗斯皇帝和普鲁士国王也主动向贝多芬表达了敬意。

以鲁道夫大公为首的赞助者争先恐后地向外国君主介绍贝多芬。

虽然不知道这没有上限般的人气能持续到什么时候，但庆幸的是，这样的人气帮助他解决了年薪的问题。无论是金斯基侯爵的遗孀还是破产的洛布科维茨侯爵都承诺了，今后不管财产状况如何，都会支付一定的年薪。

年薪的总额为3400弗罗林，虽然比最初约定的4000弗罗林少了，但贝多芬直到去世都可以拿到这笔钱。

"得救了。这样我就能维持最基本的生活了。虽然我不指望人气，但钱倒是帮了大忙。为了我自己，为了卡尔，现在都需要钱。"

贝多芬对这次帮忙牵线搭桥的格莱申斯坦男爵表示了由衷的感谢。

持续10个月的热烈会议结束后，王公贵族们像退潮一样回到自己的国家，贝多芬的人气也下降了。但是也只不过是

阿塔利亚出版社出售的贝多芬肖像画

回到了原来的状态。贝多芬反而松了一口气。

现在还剩下一个大问题,那就是卡尔的病。

"你什么都不用担心,我会照顾你和你的家人,你就放心地专注治疗吧。"

自从贝多芬听医生说卡尔的病是肺病,而且已经恶化到没有希望好转之后,他就又像以前一样开始亲自照顾弟弟了。

贝多芬每次去卡尔家,虽然不和他的妻子说话,但总会亲切地和卡尔说话,有时还会给他钱。

正因为如此,一度被医生抛弃的卡尔,为防万一写下了这样的遗言:

我死后,希望哥哥负责监护我未成年的儿子卡尔。

维也纳会议结束半年后的11月15日,病情时好时坏的卡尔终于结束了41岁的生命。

他留下了正式的遗嘱。

其中第五条是这样写的:

我指定我的哥哥路德维希·凡·贝多芬为儿子卡尔的监护人[1]。但愿哥哥把对我所表现出的爱和关心

---

1 监护人:保护、监管未成年人的人。

给予我的儿子卡尔，帮助他获得教养和幸福。

他的遗言中还有这样一句补充：

但是，我绝对不希望儿子远离他的母亲，我希望他的母亲和我哥哥一起担任监护人。为了儿子的幸福，我希望妻子更加坦诚，哥哥更加稳重。

弟弟卡尔在病床上仍旧对妻子约翰娜和哥哥之间的不和耿耿于怀。

卡尔最担心的是，自己死后，对儿子监护权的争夺迟早会开始。因为太过担心，他特意在写好的遗言上加上了一句祈愿，希望这种事不要发生。

首先看到这个遗言的是贝多芬。

接着，当律师看遗言的时候，"我希望他的母亲和我哥哥一起担任监护人"这一段已经被墨水涂黑了。

律师抬起头看着贝多芬，贝多芬气势汹汹地说道："我之所以要涂掉，是因为有必要这么做。本来应该是我弟弟做的事，我代替他做了。在孩子教育这样重要的问题上，我不想和那样的坏女人捆绑在一起。约翰娜是个坏女人，周围的人都知道她以前不检点，这次她也没有好好照顾我可怜的弟弟。

我敢肯定,那个女人肯定是把我弟弟当作累赘,给他下毒了。我不能把心爱的侄子托付给那样的女人。不过没关系,你不用为这件事伤脑筋,我会好好打官司,把这件事解决掉。"

这是多么荒唐的说法。但对讨厌弟媳的贝多芬来说,这是再正常不过的意见了。

律师皱起了眉头,但对方是维也纳有名的怪人,这种情况下,只能交给法官判定了。

弟弟死后不到两周,贝多芬就向维也纳的贵族法院提出了诉讼,要求"将弟弟的遗孀从监护人中除名"。

在法庭上,贝多芬有声有色地讲述侄子的母亲是个多么不善良的女人,强调遗言里的补充内容一定是弟弟被妻子逼着写的。

审判朝着对贝多芬有利的方向发展,第二年1月9日,贝多芬被贵族法院指定为"侄子卡尔的唯一法定监护人"。

——法定监护人?也就是说,我成为卡尔的养父了?也就是说,卡尔是我的儿子了?

这时,贝多芬才第一次意识到了这个现实:自己成了9岁的侄子的父亲。在即将45岁的这天,他没有经历结婚的麻烦就得到了一个"儿子"。

突然间,对卡尔的爱席卷了贝多芬的内心。他对这个此前从来没有注意过的少年,产生了一种揪心的怜爱。

——真是个可怜的孩子。那么小就失去了父亲，还差点被糟糕的母亲带坏。我必须保护他。我要把他当作自己的亲生儿子，保护他不受一切邪恶的伤害，让他幸福地长成优秀的大人。这是多么令人高兴的事情啊！我从没想过自己会有儿子。真高兴，真高兴。是啊，我是多么热烈地渴望去爱一个人，养育一个人啊！这个愿望，神明突然就为我实现了。万岁！我不再是一个人了，我有个可爱的儿子了！

贝多芬得意忘形地向亲友们报告了自己新家人的情况。

然后，他开始向兹梅斯卡尔男爵和格莱申斯坦男爵抛出了各种各样的问题。

"告诉我，照顾一个9岁的小男孩，需要做些什么呢？我不能把他接到这种地方来吧？应该马上搬家吧？搬家后需要做什么呢？还得雇个女人帮忙吧？伙食呢，伙食怎么办好呢？男孩子不是也要吃点心和巧克力？对了，还需要请家庭教师。怎么办？我应该按照什么顺序来？还有学校怎么办？总之，我得尽快找到规范教育的学校。"

显而易见，贝多芬什么也不会，他连自己都照顾不好。

结果，就像以往一样，又是好朋友们分头帮他做收留孩子的准备。

关于这件事，只有一个人对贝多芬提出了正确而严厉的意见。

那就是他的好友斯蒂芬·布罗伊宁。

"也许大家都出于顾虑没有说,但我忍不住要讲,你没有资格收养孩子。我不是出于恶意,是真心为你着想。孩子需要母亲。你不知道孩子每天都会惹出什么样的麻烦,这会给你的创作带来多大阻碍……孩子留在母亲身边,你只要负责监督,这不就够了吗?如果勉强收留,你和卡尔都会不幸。"

布罗伊宁的忠告击中了贝多芬的痛处。

贝多芬自己也感到不安。特别是在这一两年间,耳疾急剧恶化,即使用助听器也听不清楚了。这种状态下的自己,真的能照顾孩子吗?

但是,贝多芬不想考虑这件事。好不容易得到的儿子,怎么能因为这种事就撒手不管呢!

贝多芬和多管闲事的布罗伊宁绝交了。

在兹梅斯卡尔男爵等人的建议下,卡尔被暂时寄养在维也纳有名的寄宿学校里。

巧的是,校长詹纳塔西奥是贝多芬的忠实粉丝。

贝多芬立刻从约翰娜手中接走卡尔,把他送进了寄宿学校,同时对校长再三叮嘱。

"即使那孩子的母亲来找,也请绝对不要让她见卡尔。也请小心你的用人和女儿们,不要被那个女人笼络。那个母亲只会让卡尔堕落。那孩子能不能见母亲,要由我来决定。"

突然被迫与孩子分离，连见面也被禁止的母亲，半发疯似的闯进了贝多芬的家。

"禽兽！你没有心吗？做出分离骨肉这样残忍的事情，你不觉得过分吗？求你了，把卡尔还给我吧！丈夫希望我和儿子住在一起，你却强行拆散了我们。"

听了约翰娜悲痛的哭诉，贝多芬有些于心不忍，心里隐隐作痛。

但是法院认定自己的主张是正确的。

贝多芬并不想把卡尔还给她，相反，他越发感到，如果不尽快把卡尔接到自己身边，就太危险了。

"亲爱的兹梅斯卡尔先生，我这次搬进的房子离卡尔的学校很近，但要把孩子接过来住还是太小了。我必须赶快去找别的房子，但肚子怎么也不舒服，自己动弹不得。麻烦你能马上帮我找找吗？"

"兹梅斯卡尔先生，今天会有一个应聘我的用人的男人去见你。请你和他签30弗罗林的合同，连带他的老婆一起。如果继续吃现在这样糟糕的饭菜，我的病就好不了，所以需要有人给我做饭。"

"我再也不想见到那对夫妇了。至于那个女人是个多么能撒谎的人，我会再详细告诉你。总之，我要赶快找别的用人。用人和保姆一起雇太贵了，选其中一个就行了。"

贝多芬着急把侄子接过来，便不断地让兹梅斯卡尔男爵帮忙照顾家里、寻找用人以及承担其他杂务。兹梅斯卡尔男爵的忍耐力是超乎常人的。总之，贝多芬以"小偷""间谍""不规矩"等理由，把照顾他的用人赶走了一个又一个。

男爵为寻找用人忙得不可开交的时候，贝多芬刚认识的钢琴制作人的妻子施特莱彻夫人终于代替他，成为贝多芬商量琐碎家务的对象。

"两个用人的午餐和晚餐，应该是怎样的饭量和品质？应该让他们吃几次肉？用人的食物是和主人一样的，还是分开？三个人需要吃多少磅的肉，葡萄酒呢？啤酒呢？什么时候给他们呢？"

"女佣除了 11 克朗面包钱，每天早上还要吃一个面包卷。女厨师也是这样吗？每天一个面包卷，一年下来也得花 18 弗罗林呢！"

"3 天前还有 11 个鸡蛋。黄油比一天的用量稍微少点。盐一点也没有了。要不要检查一下女厨师？"

这样的信，不知从贝多芬手中寄出过多少次。

他拼命地想把家计管理得井井有条，严密监视用人使用的每一分钱，尽量节俭，不浪费一分一毫。

他甚至开始记账了。明明他只能勉强做做加法。

贝多芬的数学知识仅限于加法。他在计算 17×5 时，需要

第八章 突然成了父亲

贝多芬用过的账簿

写下 5 个 17，然后逐一数出总数。这时，他对连小学都没让他好好上的父亲产生了怨恨。他的父亲为了让贝多芬成为神童好赚大钱，常常在深夜叫他起来弹钢琴，不让他好好上小学。贝多芬只上了几个月学，在学校总是打瞌睡。到了这个年纪，贝多芬还时常梦见深夜在酒气熏天的父亲面前哭着弹钢琴的场景。

事到如今，再怨恨也没用了，但要是能好好上个小学，像一般人一样学点数学知识，那该有多好啊！他打心底里感到懊恼。

——这些辛苦都是为了卡尔，为卡尔节约，为卡尔打点一个像样的家。卡尔才是自己最重要的宝贝。

经过这些努力，贝多芬终于在打赢监护人官司的近两年后，也就是 1818 年 1 月，收留了侄子。这时贝多芬 47 岁，正值壮年，而卡尔已经 11 岁了。

被贝多芬收留，对卡尔来说是幸福的吗？

他 9 岁的时候莫名其妙地被迫离开了母亲，被送进寄宿学校，才刚刚适应那种生活，又来到了伯父家。

大家都说伯父是个了不起的人，但如果想和他说话，就只能大声吼叫，或者写在纸上。

卡尔虽然还是个孩子，但他凭直觉就知道，伯父非常爱自己，同时，也讨厌自己的母亲。

"那个坏人来过我学校好多次。"

"是的，她说想见我，但校长拒绝了。"

"就像伯父说的，她真是个糟糕的母亲。"

卡尔在贝多芬耳边大声说自己母亲的坏话，有时还写在纸上，这是为了讨伯父的欢心。这样一来，伯父就会很高兴，时而抱着卡尔，时而摸摸他的脸。

卡尔害怕他的伯父。

贝多芬有时候对卡尔溺爱到放纵的程度，有时候又会突然严厉地训斥他。

卡尔不知道伯父为什么这么奇怪。作为孩子的他无法理解，伯父从早到晚总是被不安困扰，担心他"是不是背叛了我""是不是在嘲笑我""是不是其实在背地里偷偷和母亲见面"。

最后，伯父被操心的事情和杂务弄得疲惫不堪，终于病倒了。

与卡尔同住这件事正如斯蒂芬·布罗伊宁所预料的那样，给两个人都带来了不幸的结果。

被不知世故、不懂好坏的贝多芬培养出来的少年，没过多少时间就养成了吊儿郎当的性格。

贝多芬呢？

这两年里，贝多芬把所有的精力都用在了侄子身上，作曲也完全荒废了。

他收到了很多作曲订单，其中还有从伦敦来的，一首交响曲报价高达 1000 英镑。

但是贝多芬拒绝了。不,他是确实写不出来。

对他来说,自己内心的斗争是创作作品的重要动力。

直面自己的内心,引出贝蒂娜小姐比喻的"神圣魔力"进行作曲,这需要大量的时间和精力。

但自从接过侄子后,他过得一塌糊涂,几乎找不到创作的精力,把所有的心思都用在了侄子身上。

——必须想办法。要么去旅行,要么离开这里,我必须重新找回创作力。为了拯救自己,别无他法。只有这样,才能再次登上艺术的高峰。先创作一首交响曲,然后前进,前进,唯有前进。制订计划吧。为了卡尔,我要有自信!

贝多芬确实着急了。

回过头来一看,这几年来,他没有写音符,而是一直在写信。

为了唤回自己的创作力,静下心来作曲,贝多芬在夏天带着侄子去了梅德林,在一个叫哈夫纳之家的地方租了一间房子。

贝多芬好不容易写出了新交响曲的草稿,在新学期回到维也纳时,又被卷入了严重折磨精神的事件中。

9 月初,卡尔的母亲提起了接回儿子的诉讼。

两个月后,"贝多芬的宝贝"卡尔就从伯父家跑了出去,逃回了母亲身边。

CHAPTER 9 第九章

《第九交响曲》

人是为了苦恼和欢喜而生的。几乎可以这么说。

最优秀的人,能够熬过苦恼,获得欢喜。

为席勒的诗谱写的、以音乐表现人类之爱的理念的《第九交响曲》,就是贝多芬哲学的写照。

"卡尔跑了,留下这么一张纸片……"

贝多芬惊慌失措,跑去找朋友们和寄养侄子的寄宿学校哭诉。

纸片上只写了一句话:"再见。"

"那孩子以我为耻!太不幸,太可悲了。如果他就这样离开了,我真不知道该怎么办……"

朋友们看不下去了。

贝多芬不顾众人的目光,大声哭号的样子甚至让人有些感动。

"别太难过了,把那孩子找回来,再交到我的学校吧。那孩子还是得有人好好看管才行。"

寄宿学校的校长詹纳塔西奥这么一说,贝多芬才总算平静下来。

在警察的帮助下,贝多芬把侄子带回了学校。

随后,贵族法院开庭了。

年仅12岁的卡尔也被传唤了。

"你为什么要离开你伯父家?你伯父是怎么对待你的?"

法官这样问卡尔,卡尔坚定地回答道:"我之所以离开伯父家,是因为母亲告诉我已经决定让我进公立学校,我想既然这样,就不用继续在私立学校学习了。伯父对我一直都很好。"

"你想住在哪个家里?母亲家还是伯父家?"

卡尔回答说:"伯父耳朵不好,我们不能正常交流,很可怜。如果能有同伴的话,我想在伯父那里生活。"

贝多芬请自己的朋友、作家伯纳德帮忙写下侄子的回答,然后在他耳边絮絮叨叨地说:"果然是他母亲不好,是那个女人唆使了卡尔。"

法官又问了几个问题,卡尔回答道:"母亲让我回伯父家,但我因为害怕被虐待,所以没有遵从。伯父威胁我说回去之后要掐我的脖子,但这样的事情只发生过一次。虽然有时会受到惩罚,但都是理所当然的。伯父不在家,我就变得孤零零的。"

从卡尔诚实的回答里,可以看出他生活得很孤独。

审判还在继续,这次问的是贝多芬。接着,事态朝着意想不到的方向发展了。

"你为什么反对他母亲把孩子送进公立学校的想法?"

"我不想让他去那个女人可以任意支配的学校。我想让侄子先待在目前的寄宿学校,半年后去读名声很好的神学院。如果我是贵族出身的话,就把侄子送进贵族子弟的学校了……"

听他这么回答,法官命令道:"如果你是贵族出身,就提交证明文件。"

当然了，贝多芬不可能有那样的文件。

如果没有文件，就等于承认自己是平民，平民就不能向贵族法院上诉。

就这样，判定侄子监护人的官司被冷淡地转移到了平民法院。

这个决定对贝多芬来说是比卡尔离家出走更大的打击。

他不小心说出了自己"不是贵族"的事实。

这件事看起来也许比较奇怪，周围的人应该都知道贝多芬不是贵族，他自己不是也称贵族为"蛆虫"吗？既然如此，为什么事到如今，他却会因为平民身份被揭穿而惊慌失措呢？

难道贝多芬认为自己"不是平民"？

的确如此。不，还不止这样。

贝多芬的想法很清楚。

——自己的"天性"表明了自己不属于平民。高级的人应该与平民有所区别，自己就是其中被特别挑选出来的、特别高级的人。

维也纳的贵族中，有人误以为贝多芬是贵族出身。他们把他名字中的"凡"（van）和代表贵族身份的"冯"（von）混淆了。其实并非如此，"凡"是贝多芬祖先荷兰人的称呼，只不过是"……的"之意，但他并没有纠正这个错误。

此外,"可能是腓特烈大帝[1]的私生子""好像是某个大贵族的私生子"这样的传闻也以假乱真。

原因就在于贝多芬不明确的出生日期,以及巨人般的才华。

这些传闻贝多芬听着很舒服。

——虽然自己现在偶然过着平民的生活,但人们认为我是贵族,这是理所当然的,我在贵族社会被赋予特别的地位也是理所当然的,是我的才华促成了这一切。贵族或平民不是由出身决定,而是由"天性"决定的。

他从一开始就毫不犹豫地在贵族法院打侄子的官司,也是出于这样的理由。

这种自信和自豪感,却被轻易地推翻了。这对他来说确实是个大打击。

而且,在平民法庭上,贝多芬处于不利的地位。"贵族"朋友们的说辞在这里完全不起作用。

就在这样踢皮球的过程中,贝多芬输了官司,被剥夺了监护人的身份,卡尔回到了母亲身边。

这时候,贝多芬的朋友们的灾难才刚刚开始。

---

[1] 腓特烈大帝(1712—1786):即腓特烈二世。普鲁士国王,以热爱文学和音乐而闻名,会作曲,是长笛演奏名手。

贝多芬当然没有放弃。

他动员所有朋友和熟人发起了运动,试图将在平民法院毫无胜算的官司重新搬上贵族法院。

朋友们每天都被口述笔录、跑腿帮忙和材料制作搞得团团转。

但凡有谁稍有不合作,贝多芬就会以刻薄的言语与对方绝交,而愿意帮忙的人则要承担远远超过他们承受范围的工作。

贝多芬本来就经常强人所难,慌乱起来更是头脑发热,给朋友们安排了各种各样的任务。

最后,他身边的人都被搞得疲惫不堪,很多人都得了病。

这场运动持续了一年多,不过,没有卡尔的生活让贝多芬再次陷入孤独,给了他创作的时间。

几乎时隔3年,朋友们又在餐厅或酒馆看到了一直待到深夜的贝多芬。

"呀!"

心情好的时候,贝多芬会坐在朋友们旁边,自己主动大声搭话。

"大家都聚在一起,真好,不过我就不加入你们了,因为只会给你们添麻烦。"

朋友们必须把回答写在纸上。贝多芬的耳朵已经完全听不见了。为此,他随身带着一本小记事本。他把这个名为"对话本"的册子交到最近的人手上。

"听说大公殿下委托你写弥撒曲。"

"作曲有进展吗?"

"什么时候能完成?"

记事本在朋友们之间转了一圈,大家在上面写下对话的时候,贝多芬就一个人孤零零地待着。

过了一会儿,记事本转了回来,贝多芬高兴地看着,逐一答复。

"鲁道夫大公被提升为奥尔米茨的大主教了,所以他要我为明年的上任仪式创作弥撒曲。"

"所以,今年之内必须写完。"

"好像来不及了。不过我的创作力恢复了,应该没问题。"

记事本在朋友们之间转了两三次,在这段时间里,贝多芬已经全神贯注地把脑海中浮现的音乐写在纸上,忘记了自己在和朋友们说话,也忘记了自己还没有吃东西,把铜币放在桌上就出门了。

这是朋友们以前看惯了的场景。

"看来没问题了,创作力好像确实恢复了。"

"我知道他很爱侄子,但为此造成的艺术损失是无法估量的。不过也没办法让他放弃侄子啊!"

"想个好办法吧。"

朋友们集思广益，为他商量善后对策。

弥撒曲没有赶在大公的上任仪式之前完成。

他的精力还是被官司分散了。

这场官司终于到了结束的时候。

贝多芬的执着有了结果，他动员了能找到的所有贵族，官司第三次被搬上贵族法院，贝多芬终于成功要回了侄子。

但是，除了听不见的贝多芬，还必须再找一个值得信赖的人作为监护人。

"既然如此，我想请洛布科维茨侯爵家的家庭教师彼得斯先生来担任这个角色。"

至此，万事大吉。

卡尔今后四年将在一个叫布洛克林格的人经营的寄宿学校学习，贝多芬可以随时见到侄子。

"这次的判决，我完全满意。这样就可以保护侄子不受那个邪恶女人的染指了。"

看到贝多芬终于恢复平静，朋友们从心底松了口气。

贝多芬的生活又恢复了原样。

他又搬了几次家，夏天时在乡下租了房子，然后全神贯注地开始作曲。

——为了你的艺术，再一次牺牲世间微不足道的乐趣吧。

无论如何，要为神明创作。因为只有神明才能决定人的幸与不幸！

贝多芬十分振奋。

在创作弥撒曲的同时，他还执笔创作了《第九交响曲》。

"为了把这次的交响曲写得出类拔萃，我必须好好把握这次的时来运转。"

贝多芬这样说着，不断地拒绝赞助人和朋友们的吃饭邀请。

这次交响曲的草稿，是从六七年前开始一点点写的。

题目是《欢乐颂》的席勒[1]的这首诗，从在波恩时起，30多年来一直温暖着贝多芬的心灵。

> 能和一位友人友爱相处，
> 谁能获得一位温柔的女性，
> 就让他来一同欢呼！
> 真的——在这世界之上
> 总要有一位能称为知心！
> 否则，让他去向隅暗泣，
> 离开我们这个同盟。
>
> （钱春绮译）

---

[1] 席勒（1759—1805）：与歌德齐名的德国诗人、剧作家。

席勒的诗直抒胸臆地表达了贝多芬的憧憬和放弃。

年轻时读到这首诗的贝多芬，毫不怀疑自己有朝一日也能获得一位温柔的女性。

但现在已经49岁的他知道了这是不可能实现的愿望。

他的无数次相思都没有实现。

席勒的诗并没有说交不到一个朋友的人是不幸的。

>一切众生都从自然的
>
>乳房上吮吸欢乐，
>
>……
>
>万民啊！拥抱在一处，
>
>和全世界的人接吻！
>
>弟兄们——在上界的天庭，
>
>一定有天父住在那里。
>
>（钱春绮译）

《欢乐颂》最后赞美并高昂地歌颂了人类之爱。

——如何用音乐来表现这种人类之爱的理念呢？光靠管弦乐团，真的能传达出这个内容吗？——不，那是非常困难的。语言是必需的。但是，至今为止，交响曲中还没有加入唱段的先例。这会打破常规。但是，但是……有没有能像乐器一样使用人声的方法呢？有没有能把独唱或合唱用得像管弦乐团中的乐器独奏或合奏的方法？总之，无论如何，这首交响曲都需要语言。

——即便如此，这首交响曲也并不是所有乐章[1]都需要唱段。那样做，说明性质就太强了。要想最有效地使用唱段，就要一直等，等到最后，然后让它一次性爆发，让听众一下子明白前面乐章的全部含义。所以，交响曲的乐章顺序应该是这样。第一乐章以悲剧性的手法描写人类的悲伤和痛苦。人无法违背自己的命运，这在很多情况下是非常悲剧的。但反过来看，这也是喜剧。回顾我自己的情况，悲剧总是和喜剧相伴。第二乐章是快板的谐谑曲[2]，将人类的痛苦一笑带过。在第三乐章中，怀着对神明的祈祷，用优美、安静的曲调描绘天国般的安宁。

——然后，在第四乐章中，歌颂人们最后到达的人类之爱的高尚境界。从这里开始有语言，也就是人声，分为四人独唱和合唱。这个想法很好。这个想法太好了！到这里，听众终于知道了管弦乐团到底想表达什么。《欢乐颂》终于要从这里开始了，但要让它沸腾起来，还得再下点功夫。戏剧性

---

[1] 乐章：组成奏鸣曲、交响曲的一个个完整的部分，称为第一乐章、第二乐章等。
[2] 谐谑曲：三拍子的轻快乐曲。

的导入,以及前三个乐章片段式的介绍……对了!管弦乐的宣叙调[1],歌剧里经常出现的宣叙调,就用这招吧!

"啊,朋友,不要旧调重弹,让我们来唱一些愉快欢乐的歌吧!"男中音要这样高声独唱!管弦乐团问:是这样吗?是这样吗?是这样吗?不,不是。是更欢乐的歌。那才是《欢乐颂》!

> 欢乐女神,圣洁美丽
>
> 灿烂光芒照大地
>
> 我们心中充满热情
>
> 来到你的圣殿里
>
> 你的力量能使我们
>
> 消除一切分歧
>
> (邓映易译)

贝多芬热衷于《第九交响曲》的作曲。

他每当思路不畅、头脑像燃烧起来一样发热的时候,就会走到厨房,用水壶里的水从头浇到脚。他一边剧烈地甩动

---

[1] 宣叙调(Recitativo):歌剧等作品中使用的叙述般的歌唱方法。一般只伴有和弦等简单的伴奏。

当时巴登的风景

贝多芬《第九交响曲》的创作地：巴登的家

着脑袋,一边在房间里走来走去,追求着乐曲的构思。

他越投入,就越频繁地给自己浇水,衣服、家具、地板都湿透了。

当时担任贝多芬秘书的是一位26岁的音乐家,名叫辛德勒(Anton Schindler)。他在贝多芬家里的时候,会拿着拖把跟在贝多芬身后走,所以没有出事。但如果贝多芬一个人独处,地板上很快就会积水,积水渗到楼下,受灾的人会生气地冲上来。

这时候,贝多芬总是甩手就出了门,好几个小时都不回来。

在维也纳,这副样子的贝多芬非常有名。

头上滴着水珠,家居服上套着外套的贝多芬,念念有词地走来走去。人们为了不打扰他的作曲灵感,都悄悄地躲开他。

然而,到了乡下,人们不太了解贝多芬,这就行不通了。

第二年9月,贝多芬去了巴登,在自己喜欢的海伦娜山谷漫步,专心构思《第九交响曲》。因为他的服装实在太难看了,被警察盯上,关进了拘留所。

警察把他当作流浪汉了。

在证人从维也纳赶来之前,贝多芬不得不一直在拘留所里叫喊:"我是贝多芬!不是坏人!"

意气风发的贝多芬对这个事件也是一笑而过。

他已经好几年没有发表过大型乐曲了,没有同情心的人们议论他说:"和大多数天才一样,江郎才尽了吧。""他已经50岁了,年老体衰了吧。"贝多芬并没有生气,甚至反过来安慰不甘心的辛德勒说:"让他们再等等吧,他们很快就会明白的。"

贝多芬的耳朵完全听不见,还一直被风湿病和黄疸折磨着,但只要身体一好转,他就会马上对着五线谱纸创作。

在这样的生活中,他于1823年初完成了献给鲁道夫大公的弥撒曲《庄严弥撒》,第二年(1824年)2月完成了《第九交响曲》(《合唱》)。

《庄严弥撒》花了4年,而《第九交响曲》如果从贝多芬在波恩时起意要为席勒的诗作曲算起,则足足花了32年的时间。

《第九交响曲》正是贝多芬的人生哲学。

——人是为了苦恼和欢喜而生的,几乎可以这么说。最优秀的人,能够熬过苦恼,获得欢喜。

贝多芬总是这样对自己说,也这样对别人说。到了53岁,他把自己的哲学转换成了音乐的语言。

"这首交响曲不会在维也纳首演,它会在柏林首演。"

赞助人和朋友们焦急地等待《第九交响曲》完成,当他们听到贝多芬这个一反常态的决定时,都大为吃惊。

"为什么会说出那样的话呢?"

"又有什么误会了吧。"

兹梅斯卡尔男爵问出了贝多芬的真实想法。

"维也纳人向来对美食热情,对高雅艺术冷淡。特别是意大利人掌握了对维也纳音乐的控制权之后,真正的艺术陷入了危机。最近罗西尼[1]的人气就是最好的证明。我也没说罗西尼的音乐不好,他不过是个情景描绘者,虽然符合时代的轻浮气氛,但写他那种东西用不上几个星期。这样的罗西尼在维也纳被追捧为时代的宠儿。维也纳人最适合那种棉花糖般的音乐了。还有一点,这里一如既往地崇尚天才,这点也让人不舒服。弗朗兹·李斯特[2]或许确实是个神童,但对一个11岁左右的少年像看表演一样一拥而上,太轻浮了。我不喜欢神童,也不喜欢吹捧神童的社会,在这样的地方,我的音乐不可能得到理解,更别说赞美了。因此,《第九交响曲》不会在维也纳首演。"

"那是你的偏见。"

---

[1] 罗西尼(Gioacchino Rossini,1792—1868):19世纪欧洲最有人气的意大利歌剧作家之一,其歌剧《塞维利亚的理发师》《威廉·退尔》尤为著名。

[2] 李斯特(Franz Liszt,1811—1886):出生于匈牙利、活跃于巴黎的作曲家、钢琴家,以超乎常人的技巧在整个欧洲赢得人气。其钢琴曲《匈牙利狂想曲》《梅菲斯特圆舞曲》等尤为著名。

"有谁反对你的音乐？所有人都想通过新作品再次敬仰你。"

"请更有自信，全世界都尊敬你。"

"啊，真是个倔强的人。要怎么说你才能明白呢？"

贝多芬的对话本上，写满了赞助人和朋友们的劝解。

即便如此，贝多芬也没有改变主意。

终于，维也纳的朋友们联名写了一份请愿书，送到了贝多芬的手中。

"兹梅斯卡尔男爵、利赫诺夫斯基侯爵（弟弟）、弗里斯伯爵、帕尔菲（Pálffy）伯爵、阿塔利亚出版社、施泰纳出版社、松莱特纳（Sonnleithner）博士、车尔尼[1]、迪阿贝利[2]……"

签名的有赞助人、朋友、出版社，以及贝多芬的徒弟等30多人。

长长的文章里恳切地写道，维也纳市民是多么以贝多芬为荣，多么期待他的新作，希望他能实现所有人的愿望，在维也纳首演《第九交响曲》。

---

1 车尔尼（Carl Czerny, 1791—1857）：维也纳作曲家、钢琴家、教育家。师从贝多芬，后来成为知名教师，培养了许多钢琴家。他创作的三本练习曲集至今仍是钢琴教育不可或缺的教材。

2 迪阿贝利（Anton Diabelli, 1781—1858）：维也纳作曲家、出版商。师从海顿，是当时活跃的作曲家、钢琴家。后来成立音乐出版社，不断出版贝多芬、车尔尼、舒伯特等人的作品。

上面还写着，如果能首演，朋友们将全权负责首演相关的烦琐杂务，包括确定时间和场地、与演奏者沟通，以及制作广告、抄谱、出售门票等。

"嗯，这样很好，我很高兴。"

贝多芬看完信，站在窗边眺望了一会儿，然后略带害羞地说。

他内心渴望的就是这样的话语。

从那时起，成为"首演小组"成员的辛德勒、利赫诺夫斯基亲王（弟弟）和常年在拉祖莫夫斯基伯爵的弦乐四重奏团演奏的小提琴家舒潘齐格（Ignaz Schuppanzigh）开始了忙碌的日子。

贝多芬过于渴望成功，因为一点小事就动摇、焦虑、迷茫，最后甚至认为朋友们在欺骗自己。

"不要再来找我了，音乐会取消了。"

"你不要来了，我不开演奏会了。"

"在我去信之前，不许再跨进我家半步。"

他们家里不知收到了多少这样潦草写下的便条。虽然大家都清楚贝多芬一旦全情投入会变成什么样子，但对他们来说，要把贝多芬不断变化的想法整合起来，让不安又多疑的他做出最后的决定，也是一项艰巨的任务。

经过一番争论，音乐会的日期终于定在了5月7日，场地设于克恩顿剧院。3月初，音乐会确定了由贝多芬担任指挥。

为了以防万一，大家决定请乐团团长乌姆劳夫（Michael Umlauf）与贝多芬并肩站在指挥台上，担任首席小提琴手的舒潘齐格也协助指挥，这最终得到了贝多芬的同意。

接着，选出了管弦乐团、合唱团和独唱歌手，开始练习。

演奏对管弦乐团来说难度非同一般，对歌手来说更是折磨。

"就算是女高音，也发不出那么高的声音。"

"在男低音歌手里，没有人能发出这样的声音。"

"发出这样的声音，嗓子会坏掉的。"

歌手们异口同声地要求贝多芬进行修改，但他坚决没有接受。

"我的曲子不是为那种粗鄙的嗓子写的，如果你们唱不出来，那训练到能唱出来为止就是了。"

"不想唱就别唱。"

不幸的是，因为他的耳朵听不见，所以当怎么也唱不出高音的歌手只是张着嘴对口型时，他也看不出来。

1824年5月7日，克恩顿剧院座无虚席。

会场上到处都是朋友和熟人，兹梅斯卡尔男爵这时不幸患病，是坐在椅子上被抬进来的。

贝多芬穿着一身黑色的燕尾服站到指挥台上，向观众席行了个礼。当他转头看向管弦乐团和合唱团的时候,就已经忘记了周围的一切。

他把精神集中在了音乐上。

虽然他的指挥方式依然是时而伸出手站直时而蹲下,但从中迸发出的音乐给听众带来了无尽的感动,甚至令他们忘记了呼吸。

每当一个乐章结束,或者出现全新的效果,会场就会掌声雷动,欢呼的声音此起彼伏。

但是贝多芬什么也没听见。

他用自己"心灵的耳朵"追逐着音乐。

电闪雷鸣、风雨交加般的第一乐章结束了,节奏紧凑、戏谑人生、笑声不断的第二乐章结束了,让人感受到天堂般安宁的第三乐章也结束了。

终于到了第四乐章,坐着的合唱团和独唱歌手们一齐站起来,出色地唱出了他们曾感叹"这是折磨"的高音部分,听众愈发兴奋,最后的高潮在一个挥手间结束,雷鸣般的掌声瞬间爆发。

但是,贝多芬根本没有转向观众席,而是揉着头发,气喘吁吁地站在指挥台上翻看乐谱。他完全沉浸在自己心中的音乐中,不知道身后发生了怎样的骚动。

全场的人看到他这样的态度,更加狂热了。

——写出这首伟大交响曲的人物,他听不到声音啊!

站在指挥台前的女中音的恩格小姐拉着贝多芬的袖子,让他看鼓掌的听众。

回头一看,贝多芬才知道观众席上的盛况。

为了向他示意,人们挥动着手臂,挥动着帽子,挥动着手帕。

贝多芬这时才知道《第九交响曲》首演成功了。他一次又一次地鞠躬谢幕。

"从来没有听过那么热烈的掌声。"

"所有听众都被你的交响曲折服了。"

"人们像暴风雨一样热烈高呼,最后还响起了万岁的呼声!"

"警察尖叫着让大家安静!"

"现在,我们胜利了!一切都很顺利。感谢神明。"

演奏会结束后,贝多芬和朋友们在咖啡店里坐了下来,对话本上满是这样喜悦的话语。

目前为止,确实很顺利。

贝多芬也几乎相信自己取得了彻底的胜利。

可是过了几天,拿到演奏会的收支汇总一看,到贝多芬手上却只剩下420弗罗林了。

"怎么回事,就这么一点钱。那么多人进场,怎么会是这样？"

贝多芬立刻不高兴起来。现在，他满心怀疑。

"是你偷拿了钱吧！"他盯上了秘书辛德勒，"不，你一个人办不到的，是和剧场的人联手了吧？一定是这样！"

到了这个地步，无论朋友们如何向贝多芬解释经费开销，都无法让他接受。

辛德勒果然生气地走了，朋友们也带着悲伤的心情离开了餐桌。

贝多芬是为了慰劳朋友们，特意邀请他们到餐馆来的。

他很孤独。

他怨恨所有人都欺骗自己，怨恨所有人都不理解自己。

——罗西尼仅用几个星期写的轻浮歌剧就赚了那么多钱。我花了30多年时间写的交响曲，就只赚了这么点钱。不该办演出的。平凡的人理解不了不平凡的艺术。我不要再把自己的幸福交给别人了，那样只会被背叛，只会变得不幸。

贝多芬的愤怒和怨恨，是创作者都会有的问题。

而且，越是认真从事艺术的人，越是如此。

但是，这是没有办法的事情。

因为罗西尼写的歌剧是娱乐，贝多芬写的交响曲是艺术。

自古以来，大众对娱乐慷慨解囊，对艺术却不愿意掏钱，市场规律就是如此。

在我看来，完成了《第九交响曲》这样伟大艺术的他被孤独和不信任感包围是理所当然的。

贝多芬啊，愤怒吧，哭泣吧！这个世界上没有能与《第九交响曲》匹敌的黄金和宝石。创造《第九交响曲》的付出与收入，再过几百年、几千年都永远不会达到平衡。

CHAPTER 10 第十章 暴风雨结束了

贝多芬对卡尔一人倾注了全部的爱,

充满攻击性的爱和嫉妒,牢牢地束缚了20岁的卡尔。

两人之间的气氛一天比一天剑拔弩张,最终,走投无路的卡尔竟然……

这是贝多芬最后的日子,以及谁也没有注意到的不朽之恋。

贝多芬对金钱的欲望日益强烈。

不管什么时候，他满脑子都是钱的事情。尽管他轻松地将《庄严弥撒》卖给了各地的宫廷、出版社和组织，赚了一大笔钱，还从俄罗斯大贵族加利钦（Galitzin）侯爵那里预支了三首弦乐四重奏的酬劳，他手头还是没有钱，不停地感叹着："太悲惨了，身无分文。"

他太频繁搬家，太频繁换用人，极度吝啬，却又极度浪费，这样的生活让他一直处于贫穷之中。

但实际上，他并非身无分文。他在几年间购买了7只银行股票，每只价值1200弗洛林。但是他想：那不是我的东西。是卡尔的。我是为了卡尔买的。

如今，贝多芬不为自己，而是为了心爱的侄子，力求留下尽可能多的财产。

卡尔又与贝多芬同住了。他已经17岁，从布洛克林格的寄宿私塾毕业，光荣地成为维也纳大学的学生。

"我将来想当语言学教授。"

已经完全成熟的年轻人，成了贝多芬身边最可靠的存在。

"有你在，我就不需要辛德勒了。那种吊儿郎当的流氓，我马上就把他赶出去。以后你来帮我处理事情吧？"

就任大主教的鲁道夫大公

侄子卡尔

辛德勒

贝多芬立刻对无偿担任自己秘书的辛德勒冷淡起来，反而称赞卡尔聪明，希望他能多待在自己身边。

贝多芬的溺爱又开始了。

卡尔正处在一个重要的时期。

要在大学里专门学习语言学，就必须把大部分时间用在学习上。

维也纳大学是一所以优秀学生云集、教学风格严谨而闻名的大学。

卡尔已经成长到了这个年纪。

但是，伯父仍完全没有成长。贝多芬就像对待小卡尔一样，把侄子当成自己的所有物，对他的关爱和监视一刻不停，秘书、传话、陪伴、购物等一切事情都要求他做。

最让卡尔无奈的，是在伯父和用人吵架时被波及。

"为什么伯父总是和用人们闹别扭呢？"

卡尔觉得很丢人，在对话本上这样写道。

"为什么会这样，我完全不知道。"

"每次都是我来承担责任。如果伯父能好好和他们相处的话，应该不至于如此。"

卡尔无法理解伯父的荒唐举动。

贝多芬胃不好的时候，就会咒骂"是蠢猪保姆害的"，肠子不舒服时就怀疑"是女佣传染的"，看见用人站着说话，就会怒斥他们"是在策划阴谋",每次都要和用人们大吵一架。

贝多芬因为耳朵听不见而被排斥,长年的肠胃毛病更让他的焦虑变成暴风雨般的愤怒,发泄在了用人们这些"不可相信的他人"身上,要让年轻健康的卡尔理解这件事是不可能的。

尽管如此,卡尔还是经常牺牲自己的时间,帮伯父的忙,满足他的无理要求,也很会讨伯父开心。

对于贝多芬近乎烦人的关爱和干涉,卡尔也乖乖地服从了。

但是,这种状态不可能长期持续下去。如果还能继续,那就说明年轻人很努力地克制了自己的感情。这是很危险的事情。

被贝多芬这样个性强烈的人的爱包围,如果不尽快逃离,或者保持距离,最后自己会被杀死。

卡尔太年轻了,也太老实了,他做不到那样。

同住一年后,卡尔跟他商量,想改变将来的计划。

时值盛夏,贝多芬和往年一样在巴登租了一间房子,过着乡间生活。而卡尔则说"必须在大学继续学习",留在了维也纳。

这件事本身就已经让贝多芬不开心了。

隔了一段时间,卡尔来到巴登,贝多芬满怀怨恨地问道:"你不是说为了当语言学教授在好好学习吗?这个夏天不能和我在一起,不也是为了这个吗?你有好好学习吗?不会是在浪费时间吧?"

"我已经在尽自己的最大努力了。"卡尔在伯父的对话本上写道,"当然,如果没有伯父的同意,我什么都不会做。但是,如果让我自由地说出想做的事,我不想做那种老套的工作。"

"你想做什么?"

"我想做军人。"

贝多芬马上想到,"都是他朋友的不好"。卡尔上次来巴登的时候,带来了一个叫尼米兹的好朋友。那个青年品性粗鄙、卑劣,极大地破坏了贝多芬的心情。一定是那家伙唆使了卡尔。

"你还在和那个男人来往啊!否则,不可能那么轻易地改变方向。你性格软弱,很容易被人带坏。肯定是他唆使你,说当了军人就可以去舞厅,和不检点的女人交往,过上快活的日子吧?和粗野、低俗、行为不端的男人来往,就是会有这样的麻烦。"

卡尔焦急地在对话本上写道:

"伯父对尼米兹的看法是错误的,我和他来往了4年,了解他的每个方面。如果你不喜欢我的朋友,那也没有办法,但我并不想放弃爱他。"

接着,对话本上展开了不合时宜的讨论。商量未来计划的事早已不知被抛到哪里去了,他们围绕着卡尔的好友尼米兹开始了对骂。

那么平静而美丽的田园，却出现了这样难堪的光景。

结果，年轻人重要的谈话也没能谈成，心里受了伤，难过地回了维也纳，留下的贝多芬也同样受到了伤害。

——我对卡尔抱有那么大的期待。本来是希望他成为音乐家的，他想当教授，我也勉强觉得还可以。军人就实在是……太不像话了。

贝多芬试图这样分析自己失望的原因，但实际原因并不是那么的高尚。

贝多芬嫉妒得很厉害，他嫉妒这个快要独占卡尔的爱的人。不管对方是尼米兹还是其他朋友，是男人还是女人，这种感情都不会改变。

现在，贝多芬对卡尔一人倾注了全部的爱，卡尔却被攻击性的爱和嫉妒牢牢束缚着。

两人之间的紧张气氛日益高涨。

第二年夏天，卡尔再次就改变未来计划的事情寻求贝多芬的同意。这次他说："我想成为商人。"为此，他必须放弃大学，转到实业学校。其实卡尔是因为伯父而耽误了大学的学业，让人佩服的是，他并没有这么说。

"这是我自己选择的道路，所以我下定决心要认真去做。虽然实业学校比大学的水平要低，但我以后能成为商人，也可以有所成功。"

贝多芬不情不愿地同意了他转学。

卡尔想为了学习搬进学校附近的宿舍，贝多芬虽然非常不赞成，但也答应了。

这是卡尔拼尽全力的防卫。

——转学以后所有的科目都变了，为了赶上课程进度，必须认真学习了。为此，虽然很抱歉，但我必须把过去花在伯父身上的时间都用在学习上。话虽如此，还来得及吗？我可以吗？

卡尔改弦更张，投入学习。

但是，贝多芬和以前完全一样，甚至因为卡尔离开了自己，反而变本加厉地监视卡尔的生活，对他提出各种要求，把事情一件接一件地交代给他。

这种态度在夏天搬到巴登后也没有改变。小到跑腿，大到重要的工作，乡下的贝多芬向住在维也纳的卡尔下达各种各样的命令。

"今天我不可能把伯父吩咐的事情全部做完了。功课积压得很厉害，星期天必须全部做完。"

"我很想去伯父那里，但现在不可能，我只有一点点时间。"

"伯父，您不知道我要做的功课堆积如山。"

"我知道了。那明天我去和伯父一起吧。"

卡尔悲戚的信也没有打动贝多芬的心。每当侄子不肯让步时，他的来信就会变成威胁和自怜。

"很不幸的是，我是你的父亲，如果我不是你的父亲就好了。"

"不要再折磨我了。我在这里过着多么艰难的生活，你不可能不知道吧。死神不会一直耐心等我的。"

"把你当作新生的儿子，拥抱你，亲吻你一千次。来自渴望见到你的充满爱意的父亲。"

"这是我一生的请求了，今天也来找我吧。因为不知道会面临什么样的危险。快点，快点。"

悲剧的种子就这样埋下了。

贝多芬病态的不信任进一步加深，甚至怀疑侄子在闲暇时游手好闲。

他经常在实业学校的门口等侄子，质问宿舍的房东卡尔是否在家，甚至追究起卡尔的零用钱的用途，在街上也会批评卡尔"晚上出去玩了"。

这可是一个快满20岁的成年人。

卡尔被逼得走投无路，有些自暴自弃了。现在学业进度早已赶不上了，连看到伯父的脸都觉得厌烦。

但是，伯父对自己是有大恩的，自己不可以有这样的念头。他走投无路了。

——救救我！帮帮我吧！

第十章 暴风雨结束了

卡尔情绪爆发的时刻终于到来了。

第二年的初夏，卡尔和伯父为了5月份的住宿费吵得不可开交，最后，卡尔推开了现在已经成为加害者的伯父，就这样将近一个月没回住处，也没再去伯父家。

卡尔去母亲家和尼米兹家过了夜。他其实是若无其事地去向两人告别。

然后卡尔去了当铺，把自己的手表换成钱，买了两把手枪，以及火药和子弹。

地点已经定好了。

就是伯父最喜欢的位于巴登的海伦娜山谷。伯父构思《第九交响曲》的那个值得纪念的地方。

卡尔驾马车到巴登，当晚在旅店写下了给伯父和尼米兹的遗书，第二天早上，他来到曾与伯父和睦散步的海伦娜山谷，坐在岩石上，把冰冷的手枪对准了太阳穴。

卡尔试图以自杀的方式走出这个迷宫。

那是临近实业学校考试的7月29日。

贝多芬心想，这次自己再也无法振作起来了。

"卡尔……他做了一件离谱的事。试图开枪自杀。啊，太可怕了，幸好两颗子弹都没有命中，那家伙还活着，可是他做的事情太丢脸了……我那么疼他，这对我真是太残酷了。我不明白为什么会变成这样。"

贝多芬到处找熟人诉苦。55岁的贝多芬因为这事的打击，一夜之间苍老得像个70多岁的老人。

"而且卡尔还拜托救了他的车夫把他送到母亲那里。送到母亲那里啊！那家伙现在正在他母亲家里接受医生的治疗，因为子弹还残留在脑袋里。"

几乎所有人都同情贝多芬，对他侄子忘恩负义的行为表示愤怒。

但是他身边也有人严厉地提出这样的忠告："这次的事，你也有责任，你要宽容对待卡尔。"这让贝多芬的头脑一片混乱。

重新开始了来往的好友斯蒂芬·布罗伊宁也是其中一个提醒他的人。

"那我该怎么办呢？我那么珍惜他，那么疼他，如果这样还不行的话，我真不知道该怎么办才好了。"

错的就是他这种爱的方式。那就是无论如何都要对方顺从自己的意愿，不承认对方的自由和人格，甚至不承认对方的好恶，就是仿佛用棉花裹住婴儿一样，用自己的爱束缚着已经成年的青年。

但是，跟他说这些也没用。

因为不幸的贝多芬只会用这种方式去爱。

"如果卡尔想当军人，就把他送进军队吧。你们最好分开住一段时间,军队会严厉地教育年轻人。你得马上去找愿意聘用卡尔的连队,等他的伤好了就送过去。"

这是包括布罗伊宁在内的所有朋友的意见。以前贝多芬对卡尔想当军人的事根本置若罔闻,这次却不得不勉强同意。

卡尔的伤势恢复得很快,但马上把他送到军队是不可能的。

为了做手术,他剃成了光头,在头发长好之前,必须找个地方静养。

"我要把卡尔带到乡下去,照顾他的起居。"

贝多芬依然以侄子的"监护人"自居,做出了这样的决定。

这次没有人反对。那样也不错,不过是一两周的事。这样的话,卡尔能忍耐,贝多芬也会放心吧。一旦卡尔参了军,他一年都见不到心爱的侄子几次。与其说是为了卡尔,不如说是为了贝多芬,应该让他们最后同住一次。

弟弟约翰在格纳克森多夫拥有土地和房屋,他在对话本上亲切地写道:"既然如此,就到我的地方静养吧。我有四五个像样的房间可以让你们用。"

"不要。"

贝多芬照例耍赖。

"格纳克森多夫太远了,从这里坐马车要一天一夜,而且还得让你老婆照顾。你怎么还把那种不正经的女人留在家里?"

"别这么说。"

约翰知道该如何对付哥哥:"去程和返程我陪着你们一起就行了。把我老婆当成保姆不就行了吗?我三天后就要出发,哥哥也请在那之前准备好。"

就这样,贝多芬被半劝半逼着去了格纳克森多夫。

那是9月28日。

接下来的几个星期,对贝多芬来说可以说是第一次经历这样长时间安宁平和的日子。

在弟弟和侄子两个亲人的照顾下,贝多芬心想,这样的生活也不算太糟。

弟弟的家建在高地特有的清秀风景中,周围只有草原和葡萄园,散步没有阻碍,也不那么冷。

贝多芬除了外出散步,就是躲在房间里工作。在承诺完成加利钦侯爵要求的三首弦乐四重奏以来,他又一次把创作欲集中在弦乐四重奏上,在弟弟的房子里完成了《第十六弦乐四重奏》。

那是10月中旬的事,原定的一两个星期的逗留时间已经过去了。

一直住在这里也不错。

贝多芬看着卡尔头上仿佛绒毯上的绒毛般美丽的卷发,心里想,其实他是想这么做的。

——那样的话,就不用离开可爱的卡尔了!

一旦住了下来，就懒得再回维也纳了。

他的身体状况也不太好，不宜长途旅行。而且肠胃的老毛病又犯了，天气一冷，就一直腹泻。

其实，是长期以来一直在悄悄发展的肝病终于表现出来了，但谁也没有意识到病灶有那么深。

尽管如此，贝多芬还是一直保持着不规律的饮食习惯，白天只吃一个半熟鸡蛋，大口大口地喝葡萄酒。大家都很担心，劝他好好吃饭，但贝多芬依旧我行我素。

活到现在已经喝了将近56年了，红酒对自己的身体不会有什么不好的。

进入11月，天气日渐寒冷，贝多芬离不开壁炉了。

高地的寒冷非同小可。

另一边，约翰焦躁不安。

——当初出于好意邀请哥哥留宿一两个星期，直到卡尔长出头发为止。可是近两个月来，他好像忘了回家似的，一直住了下来。到了冬天，柴火钱可不是开玩笑的，而且卡尔的事到底该怎么办呢？

11月末的一天，约翰在哥哥的对话本上写道："不能让有才华的青年一直游手好闲，尽早把他送到军队才是哥哥的职责。"

"嗯。"听了不想听的话，贝多芬不高兴地回答。

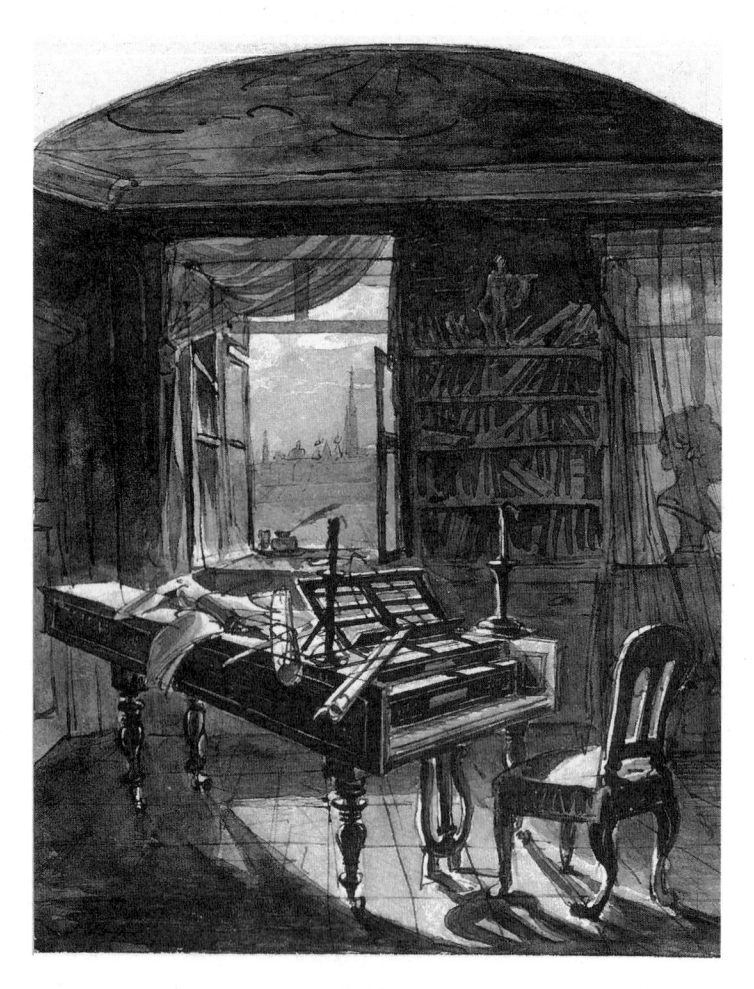

贝多芬晚年的房间

约翰不再拐弯抹角了。

"如果哥哥打算一直和我们住在这里,一个月40弗罗林就什么都够了,也就是说一年500弗罗林。"

贝多芬一脸不高兴地看着这句话。约翰煞有介事地补充道:"不过,哥哥的住宿费只要一半就行了。"

贝多芬勃然大怒:"你是要我和卡尔滚出去吗?"

"不,哥哥可以待着。不过,到时候也不需要这么多房间了吧?如果天气再冷一点,柴火钱就更贵了……"

贝多芬夺过对话本,把约翰赶了出去,对着关上的门大骂。

"说什么住宿费'只要一半就行了'!你这样也算弟弟吗?你把你心爱的哥哥当成单纯的租客了吗?我怎么可能待在这种破地方?!你这种人……你这种人不配当我弟弟!"

贝多芬突然就说要回维也纳。

"现在没有长途马车,如果是坐公共马车,中途必须住一晚。再等等,等约翰叔叔的马车空出来怎么样?"

即使卡尔这样劝解,贝多芬的决心也没有改变。约翰也不高兴了,没有主动提出"把马车借给你们"。

贝多芬于12月1日一大早从弟弟家出发,一直到中途的村子都只能雇到没有顶棚的运送牛奶用的马车。他在潮湿刺骨的天气里坐着马车晃了一整天,不得已留宿了一晚,住的地方连暖炉都没有。

半夜，贝多芬开始发高烧，浑身发冷，肋部疼痛难忍。同时，喉咙像在沙漠里一样干渴，他颤抖着喝了好几杯冷水。

第二天早上，一夜之间就病入膏肓的贝多芬被抬上从旅馆门前出发的公共马车时就已经筋疲力尽，在傍晚时分终于艰难地抵达了维也纳。

贝多芬同时患上了肺炎和肝病两种疾病。

虽然肺炎在最危急的时刻脱离了危机，但是他在倒下的第八天，全身出现黄疸，肚子开始积水。

那是肝硬化晚期的症状。

几十年不规律的生活，把贝多芬本来很结实的身体弄得一塌糊涂。

"病治不好都是医生的错，那个笨手笨脚的家伙，净让我吃苦了。"

反复做了三次取腹水手术后，贝多芬气急败坏地赶走了主治医生瓦乌希博士，换成了老朋友马尔法蒂博士。

马尔法蒂博士没有给病人做手术，而是给病人倒了一壶酒（用水稀释的葡萄酒），于是病人一天之内就称赞他是"名医"。

博士已经对病人的状况不抱希望了，出于放弃的考虑，他没有拒绝贝多芬的请求。

很多人给生病的贝多芬送来了他喜欢的葡萄酒、香槟、糖渍水果和布丁。

前来探病的人络绎不绝。

卧床三个多月后的 3 月 18 日，一位素未谋面的青年在秘书辛德勒的带领下毕恭毕敬地来看他。这个戴着厚厚的眼镜、看起来很腼腆的年轻人一句话也没说就回去了。

"那个青年，就是舒伯特。"

辛德勒后来把这个青年的名字告诉了贝多芬，但贝多芬只是不舍地点点头。如果再早一点见面的话，贝多芬会拉着舒伯特的手鼓励他说："加油吧，你体内蕴藏着神的火花，很快就会在社会上引起轰动的。"他已经听过 60 多首舒伯特的歌曲，对这位天才充满敬意。

3 月 23 日，身边的人都知道贝多芬的大限已近。

布罗伊宁了解了贝多芬的心情，帮他起草了最后一封遗书。

为了亲手写这封遗书，贝多芬在护士们的搀扶下，从床上爬起来。

> 我的侄子卡尔是唯一的继承人，我的财产归他所有。
>
> 维也纳
>
> 1827 年 3 月
>
> 路德维希·凡·贝多芬

舒伯特

仅仅写这么几个字，贝多芬就费了很大劲。

最后写自己名字的时候，他的手颤抖得连笔都握不住，连自己写惯了的名字（Beethoven）都拼写错了，漏掉了"h"和"e"。

与31岁时在海利根施塔特写下的遗书相比，现在56岁的这封遗书是多么简单，多么无欲无求。

这就是晚年把一切爱意都献给了侄子的贝多芬唯一的想法。

第二天，贝多芬失去了意识，开始了与死亡的最后战斗。

鼾声和粗重的呼吸持续了整整两天，到3月26日下午，他的喉咙里开始发出咕噜咕噜的声音，让身边的人听了害怕。

从早上开始，天空就笼罩着密密麻麻的雷云，快到中午时，夹杂着冰雹和雪花的狂风暴雨开始了。

电闪雷鸣，清晰地照出了贝多芬与死亡战斗的样子。

这时，贝多芬猛地睁大了眼睛，对着天空举起了拳头。

他张着嘴，却说不出话来。可是眼神仿佛在呼喊："我战斗了，战斗到了最后一刻！"

那只手垂落在床上的时候，贝多芬的生命就结束了。

56岁又3个月。

他壮烈地死去，与暴风雨般的一生相称。

三天后举行的葬礼是维也纳建城以来规模最大的一次。

1827年3月29日贝多芬葬礼邀请函

送葬的人群

学校放假，有两万市民参加了葬礼和送葬队伍。

在鲜花、十字架、合唱团的护送下，贝多芬的灵柩从他最后居住的城墙外的房子运到了举行仪式的教堂。在灵柩旁边，还能看到拿着火把的舒伯特。

到此，贝多芬的故事应该结束了，但最后还有一件事必须说，那就是贝多芬心中隐藏的爱情。

否则，他的一生就太凄凉，太孤独了。

贝多芬死后的第二天，亲友和弟弟开始寻找遗书中所写的"财物"。

大家都知道那是七只银行股票。

但无论怎么找，都没有找到类似的东西。最后约翰讽刺死去的哥哥说道："那种东西本来就不存在。"

第二天他们又进行了搜寻。

然后，他们在旧柜子里的暗门中，发现了被藏得很仔细的银行股票。

被藏起来的还不止这些。

还发现了一名女性的肖像画和三封信。大家看着画像，在心里惊叫。

"那是特蕾丝·冯·不伦瑞克（Therese von Brunswick）小姐！"

三封信都没有写收信人的名字。但是，三封都是写给同一个人的情书，这一点谁都看得出来。

"我的天使，我的全部，我的我自己！今天只说了几句话，而且是用你的铅笔……虽说是命运如此安排，为何我会如此深切地悲伤呢？难道我们的爱就必须牺牲各种东西，放弃一切吗？现在你完全不属于我，我也完全不属于你，又有什么办法呢？……"

"令我烦恼的，我最爱的人啊！我知道我必须马上把信寄出去。只有星期一和星期四，只有这两天从这里有邮政马车到K。

"啊，我在哪里，你就和我在一起。我一个人，和自己，和你说话。啊，神明啊，这么近，又那么远！……"

"我不朽的爱人啊！当我躺在床上的时候，我的思念就会传达到你的身边。要么和你一起生活，要么就彻底分开，只有这样我才能活下去。神明啊，如此相爱的人，为什么必须分开呢？你的爱使我成为最幸福的人，也使我成为最不幸的人。噢，请永远爱我。请不要看错我忠贞的心……"

三封情书中，用许多热切的语言宣誓了永恒不变的爱。

"这封信是写给谁的？"

"和这幅肖像画是同一个人吗？"

"我不知道。因为他总是爱着很多女人。"

朋友们久久地回想着贝多芬的几段恋情，试图从中找出

第十章 暴风雨结束了　　227

特蕾丝的肖像画

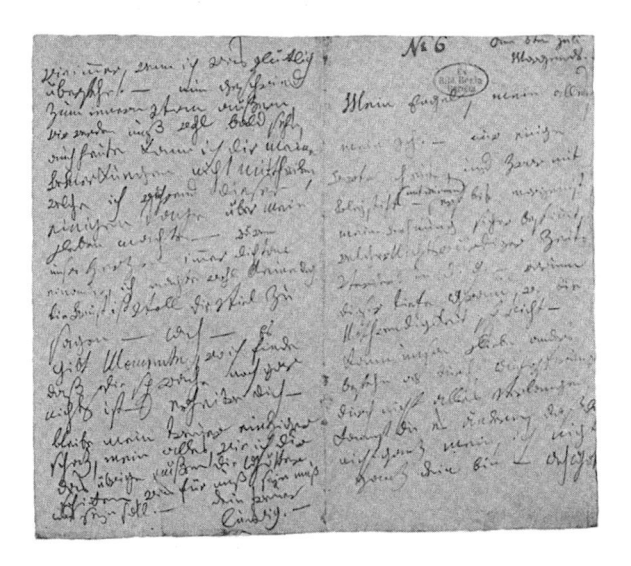

情书的一部分

写信的对象。

　　布罗伊宁凭直觉认为，这三封情书应该是在创作《第七交响曲》和《第八交响曲》的那一年，也就是1812年写的。这么一想，那两首交响曲少有的明快浪漫风格之谜就解开了。但是，这终究只是他的"直觉"。与其用"直觉"来猜测贝多芬的"不朽的爱人"，还不如就让它成为永远的谜。

　　朋友们最终放弃了探寻贝多芬恋人的名字。

　　但是，这封情书确实一下子照亮了他们的心。

　　"被如此珍重地放在这里，说明他到最后都还爱慕着这位女性吧。"

　　"他心中藏着不朽的爱。"

　　"太好了。这样想的话，周围的人也会好受很多。他的一生并不只是痛苦和孤独。"

　　与贝多芬的遗产一起被发现的三封情书，以及特蕾丝的肖像画，在他身边的人眼里，就像暴风雨过后飘落的美丽花瓣。

　　那是贝多芬激烈而粗暴的生命中，最后的美丽色彩。[1]

---

[1] 本书是在Librio出版社1982年出版的作曲家系列故事《贝多芬——命运敲门》的基础上增补修订而成的。

参考文献

[1] 泰尔（Thayer）著，大筑邦雄译：《贝多芬的一生》上、下卷，音乐之友社，上卷1971年，下卷1974年。

[2] 贝多芬著，小松雄一郎译：《贝多芬书信集》，岩波书店，1979年。

[3] 大筑邦雄译：《贝多芬》，音乐之友社，1965年。

[4] G.布罗伊宁著，小柳达男、小柳笃子译：《贝多芬的回忆》，音乐之友社，1973年。

[5] 伊迪莎·斯特巴（Editha Sterba）、理查德·斯特巴（Richard Sterba）著，武川宽海译：《贝多芬和他的侄子》，音乐之友社，1970年。

[6] 柿沼太郎编译：《回忆贝多芬》，音乐之友社，1970年。

[7] 弗里茨·佐布利（Fritz Zobeley）著，中河原理译：《贝多芬》，艺术现代社，1980年。

[8] 《音乐手帖·贝多芬》，青土社，1979年。

[9] 小原国芳编：《怀念贝多芬》，玉川大学出版社，1970年。

[10] 马塞尔·布里翁（Marcel Brion）著，津守健二译：《维也纳辉煌岁月》，音乐之友社，1972年。

[11] 平野昭著：《贝多芬》，新潮文库，1985年。

[12] 青木Yayohi著：《寻找贝多芬〈不灭的恋人〉》，平凡社Library，2007年。

后　记

　　我想用这个故事来描绘"作为人类的贝多芬"。许多古老的传记和研究书籍都将贝多芬奉为"乐圣",而将他的侄子卡尔判定为不良少年。之所以会这样,其中一个原因应该是他的徒弟辛德勒写的第一本贝多芬传记。贝多芬在晚年的9年间留下了约400本对话本,但由于辛德勒丢弃了大量不符合乐圣形象的对话本,现存的只剩下138本了。在被丢弃的对话本中,才有贝多芬更真实的一面吧。

　　在日本也一样有这样的倾向,人们总愿意认为名曲是圣人君子写的,所以他长期以来都被称为"乐圣贝多芬"。实际上,贝多芬因为耳疾而怀疑、伤害他人,也一直伤害着身边的人,是一个让人头疼的存在。但正因为他把自己的烦恼和痛苦发泄在音乐上,才写出了感动众人的作品,这一点大家都已经知道了。

在此，我想一边重现实地采访之旅，一边介绍与贝多芬有关的地方的现状，以及他绝不能称为不幸的青少年时代。

我首先到访的是从贝多芬出生到21岁之前一直生活的波恩。在贝多芬的时代，这里是选帝侯城堡所辖的城市，在德国东西分裂的1949—1990年是西德首都。现在已经是一派"贝多芬之城"的氛围。市中心的明斯特广场上立着贝多芬的大型铜像，莱茵河岸边的音乐厅叫"贝多芬音乐厅"，我住的旅馆也叫"贝多芬酒店"。

1770年12月16日，贝多芬出生在位于市中心波恩小路的一个家庭。现在这里成了"贝多芬纪念馆"。纪念馆的正面很气派。他们一家人住的是这栋建筑背面的三层木造房子，二层三个房间和阁楼三个房间，由父母、三个孩子和房客共同居住。贝多芬是在阁楼的一个房间里出生的。现在这里每个房间都展示着从各地收集来的遗物，有贝多芬弹奏过的钢琴、中提琴，亲笔曲谱，还有利赫诺夫斯基侯爵赠送的弦乐四重奏用的乐器。其中最让我震惊的是宫廷技师梅尔策尔制作的四个助听器。从照片上看不出来，实物小的有20厘米左右，大的有60厘米，管的前端有喇叭型或瓢状的东西。这是怎么贴在耳朵上的呢？不会伤到耳朵内部吗？因为没有留下贝多芬使用助听器时的画像，所以只能以沉痛的心情去想象。

贝多芬工作过的选帝侯宫殿（泊波尔斯多夫宫）位于市中心西南方向的宽阔道路尽头，现在被波恩大学使用。贝多芬从 11 岁开始担任宫廷管风琴手奈弗的助手，在这里工作，13 岁时被正式任命为管风琴手，17 岁开始在宫廷乐团拉小提琴和中提琴，是著名的羽管键琴演奏家。选帝侯的宫殿不止这里，位于波恩和科隆中间的布吕尔也有一座豪华的奥古斯塔斯堡，贝多芬也在这里演奏过各种乐器供贵族娱乐。

关于波恩时代的贝多芬，流传着一些阴暗的故事，比如深夜被喝醉酒的父亲叫起来边哭边弹琴，母亲体弱多病、不苟言笑等等。不过，这些都只是一小部分。当然，他的父亲确实很过分，想把儿子培养成和莫扎特一样的神童，以此来赚大钱。但他的祖父是波恩的宫廷乐长，父亲是宫廷歌手，在这样的音乐世家里，长子贝多芬才 4 岁就开始学钢琴和小提琴，这也是那个时代的普遍现象。另外，关于母亲，贝多芬还记得和她一起乘船旅行时的快乐回忆，以及母亲永远温柔以待的样子，他总是对别人说她是"最好的母亲"。他也有很多朋友，包括宫廷乐师同事、大学生、镇上的年轻人等，他在工作中度过了快乐的青春时代。

更重要的是，波恩的氛围培养了贝多芬的思考能力。波恩离法国边境很近，而且在贝多芬 11 岁时上任的新选帝侯马克西米利安·弗朗茨是一位思想进步的君主，他没有禁止法国的革命思想和民主主义思想传入。贝多芬深受这些思想的影响，成为那个时代少有的崇尚自由和平等的民主主义者。

贝多芬在满21岁前一个月搬到了维也纳，一直住在市内或近郊，直到56岁去世。话虽如此，要看遍他所有的房子也是不可能的。近年人们一直认为他住过的房子有40多处，但新的研究更正到了80处以上。有的房子他只住了几天或几周，也有的租过就忘了。写出过著名作品的房子都挂着表示维也纳名胜的"W"字旗帜和牌子，但现在都已经是别人的住宅了，所以只能在外面看看。

其中，贝多芬非常喜欢的城墙上的房子（Mölker Bastei 8号），现在作为纪念馆对外开放。他租的是五楼（在欧洲算四楼）的三个房间，作为工作室的房间里展示着钢琴、乐谱台、时钟、椒盐盒等遗物，可以窥见贝多芬在这里生活的情形。因为这里是城墙上的五层，从窗户可以望见远处的维也纳森林。但是爬上来的石阶又窄又暗，还是螺旋状的，上下一定很不方便。

在维也纳市内，他完成《第九交响曲》的房子、完成《庄严弥撒》的房子、完成《英雄》交响曲的房子、与弟弟卡尔一起住过的河畔剧院、他去世的Schwarzspanierh大街的房子等，很多都挂着 W 旗。位于维也纳郊外壮丽的舍恩布龙宫也与贝多芬不无关系。他作为皇帝的弟弟鲁道夫大公的音乐教师，经常来这里上课。他一直真心想当宫廷乐长，但衣冠不雅、不懂礼仪的他始终未被任命。

每当贝多芬临时起意说"搬到乡下去吧"，他就会在当天把所有的家当都装上马车赶往郊外，在距离维也纳 25 公里范围内的梅德林、巴登、海利根施塔特等他喜欢的地方租住农家的一个房间或一栋别墅。因为他在郊外也不停搬家，所以并不是所有的房子都有纪念牌。

梅德林有两个地方：一处是理发店，窗下有一块石板，上面写着"贝多芬于 1819、1820 年夏天住在这里"，窗户上挂着一幅披头散发的贝多芬肖像画；另一处原是修道院，写着"贝多芬 1820 年的家"。也就是说，他在 1820 年夏天租了两间房子。

梅德林以南 10 公里处的巴登有一个治疗疾病的温泉，贝多芬大病之后一定会来这里。从 1821 年开始，他连续三年租住在市政厅街，现在那里被称为"贝多芬之家"。在巴登，他构思了《第九交响曲》，被他的爱逼得走投无路的卡尔也是在这里试图自杀。

在海利根施塔特，贝多芬也租了四间房子。著名的"遗书之家"就在普罗布斯小路这条安静街道对面的农家里,位于中庭尽头的二楼房间,现在对外开放。从门口进去依次是厨房、卧室、工作室,小小的房间排列着,透过窗户就可以看到几乎近在眼前的教堂。除了海利根施塔特,还有普法尔广场的房子(现在变成了供人品尝新酒的葡萄酒庄)、他一边构思一边走过的"贝多芬小路"、公园里的散步雕像等,很多纪念贝多芬的地方。

采访的最后,我向维也纳爱乐乐团前主席奥托·施特拉塞尔(Otto Strasser)先生探讨了关于贝多芬音乐的话题。"贝多芬在维也纳当然很受欢迎,我们经常开玩笑说'弹得手上都起茧了',但实际上贝多芬的音乐演奏起来非常难。要表现出如此强大的精神力量,演奏者需要具备不输给他的强烈个性并理解乐谱中蕴含的意志的能力。每一曲都不相同,每一曲都有直抵人心的精神性的东西,是不断追求新的境界、不断前进的贝多芬这个人的真实写照。所以人们一听贝多芬,就会得到力量,受到鼓舞。"

在日本,贝多芬的人气也非常高。正如施特拉塞尔所说的那样,贝多芬的音乐中所蕴含的真诚而坦率的信息,对于同样被称为认真努力型的日本人来说很容易理解。在此基础上,我认为无论男女老少,越是有烦恼的人,就越能强烈、深刻地感受到贝多芬的音乐。

最后，我要借此书面世的机会，向以下各位表示衷心感谢：协助我在维也纳进行采访的白石隆生、白石敬子夫妇，接受采访的施特拉塞尔先生，波恩的各位，欣赏这本传记故事的人——原 Librio 出版社的石井昭、田中庸友、片山绿，以及助力新版问世的雅马哈音乐娱乐控股公司的河西惠里。

日野圆

2019 年 2 月 10 日

贝多芬的人生轨迹与历史事件

（左列括号内数字表示当年的年龄）

公历（年龄）	贝多芬的人生轨迹	历史事件
1770年	12月26日，出生在波恩。17日，在波恩的雷米吉乌斯教堂受洗。祖父路德维希是波恩选帝侯宫廷乐长，父亲约翰是宫廷歌手。	波兰第一次分裂。（1772年）
1773年（3岁）	12月，祖父路德维希去世。	
1774年（4岁）	4月，弟弟卡尔出生。开始跟随父亲学习钢琴和小提琴。	
1776年（6岁）	10月，弟弟约翰出生。	美国独立战争。（1775—1783年）美国独立宣言。（1776年）
1777年（7岁）	入读波恩的拉丁语学校，但几乎不去上学。	

续表

公历（年龄）	贝多芬的人生轨迹	历史事件
1778年（8岁）	3月，在科隆举办第一次公开演奏会。	
1779年（9岁）	跟着宫廷管风琴师奈弗学习作曲、钢琴、管风琴。	
1780年（10岁）	正式跟着同住的宫廷小提琴手学习小提琴和中提琴。	
1781年（11岁）	秋天，与母亲赴荷兰旅行。	
1782年（12岁）	此时开始代替奈弗担任管风琴师。出版第一部钢琴曲作品。被奈弗夸奖"你会成为第二个莫扎特"。	日本天明年间大饥荒。（1782年）
1785年（15岁）	成为宫廷管风琴师。马克西米利安·弗兰茨（当时28岁）来到波恩就任新选帝侯。	
1787年（17岁）	春天，出发前往维也纳。4月7日抵达维也纳，拜访莫扎特，进行即兴演奏。4月20日，因母亲病重，急忙赶回波恩。7月17日，母亲玛利亚·玛格德莱娜去世。	
1788年（18岁）	开始在布罗伊宁家教授钢琴。结识瓦尔德施泰因伯爵。兼顾宫廷管风琴师、大提琴手、钢琴师工作，支持家计。	法国大革命爆发。（1789年）
1790年（20岁）	12月，海顿在前往伦敦途中经过波恩，与贝多芬见面。	约瑟夫二世去世，列奥波德二世继位。（1790年）

续表

公历（年龄）	贝多芬的人生轨迹	历史事件
1792年（22岁）	7月，海顿回程途中到访波恩，收贝多芬为徒。11月起，获得选帝侯的学费资助，在维也纳留学。师从海顿。12月18日，父亲约翰在波恩去世。	
1793年（23岁）	背着海顿偷师从申克和阿尔布雷希茨贝格学习作曲。	路易十六与王后玛丽·安托瓦内特被处刑。（1793年）
1795年（25岁）	3月，在城堡剧院的公开音乐会上弹奏自己创作的《钢琴协奏曲》。连续两场音乐会都取得巨大成功，在维也纳音乐界华丽出道。利赫诺夫斯基侯爵等众多喜好音乐的贵族成为他的粉丝。	拿破仑军队入侵意大利。（1796年）
1798年（28岁）	这时耳朵开始听不清声音。完成了《第一钢琴协奏曲》、《第八钢琴奏鸣曲》（《悲怆》）。	拿破仑军队远征埃及。（1798年）
1800年（30岁）	4月，在城堡剧院举办首次独立音乐会，指挥《第一交响曲》《第一钢琴协奏曲》等，进行了钢琴弹奏。也开始作为钢琴教师开展活动。	
1801年（31岁）	给朋友卡尔·阿曼达和韦格勒写信，倾诉耳疾和苦恼。创作《第十四钢琴奏鸣曲》（《月光》）。	

续表

公历（年龄）	贝多芬的人生轨迹	历史事件
1802年（32岁）	5月起，在海利根施塔特养病。10月，写了两封《海利根施塔特遗书》。	
1804年（34岁）	完成《第三交响曲》（《英雄》）。	拿破仑称帝。（1804年）
1808年（38岁）	被拿破仑的弟弟、威斯特伐利亚国王邀请担任卡塞尔宫廷乐长。在维也纳河畔剧院的独立音乐会上亲自指挥《第五交响曲》（《命运》）、《第六交响曲》（《田园》）。	法军占领维也纳。（1805年）
1809年（39岁）	因维也纳的贵族们支付4000弗罗林，而放弃前往卡塞尔。完成《第五钢琴协奏曲》（《皇帝》）。	海顿在维也纳去世。（1809年）同年，门德尔松出生。
1810年（40岁）	创作《献给爱丽丝》。5月，向特蕾丝·玛法尔蒂求婚，被拒绝。	舒曼、肖邦出生。（1810年）
1812年（42岁）	7月，到访特普利策，与歌德4次会面。据推测，这个时期写了《致不朽的爱人的信》。	拿破仑远征俄国。（1812年）
1813年（43岁）	进入低谷期，作曲进展不顺。	
1814年（44岁）	歌剧《费德里奥》出演，取得成功。	拿破仑流放厄尔巴岛。（1814年）维也纳会议召开。（1814—1815年）

续完

公历（年龄）	贝多芬的人生轨迹	历史事件
1815年（45岁）	11月，弟弟卡尔去世。侄子卡尔的监护人问题出现争议，与卡尔母亲争夺抚养权。	梅尔策尔发明节拍器。（1815年）
1818年（48岁）	耳朵已经几乎听不见，开始使用对话本。卡尔母亲提起上诉，精神受到折磨。	
1821年（51岁）	健康状态严重恶化，长期疗养。	
1824年（54岁）	开始与成为大学生的侄子卡尔同住。5月7日，《第九交响曲》在克恩顿剧院首演。	西博尔德抵达日本长崎。（1823年）
1826年（56岁）	完成最后的作品《第十六弦乐四重奏》。7月，卡尔试图开枪自杀。与卡尔一同住在格纳克森多夫的弟弟约翰家。	
1827年	接受4次手术未能好转，3月26日在维也纳家中去世。享年56岁3个月。	

入门曲目推荐

我从贝多芬留下的音乐中,选择了一些适合初学者听的曲目。末尾的字母和数字是作品编号(Op.)或整理编号(WoO.),用来区分作品。用曲名找不到作品时,请检索这个编号。

钢琴曲

《a 小调献给爱丽丝》WoO.59

《G 大调小步舞曲》WoO.10-2

《C 大调回旋曲》Op.51-1

《c 小调第八钢琴奏鸣曲》(《悲怆》)Op.13

《升 c 小调第十四钢琴奏鸣曲》(《月光》)Op.27-2

《f小调第二十三钢琴奏鸣曲》(《热情》) Op.57

《降E大调第二十六钢琴奏鸣曲》(《告别》) Op.81a

交响曲

《降E大调第三交响曲》(《英雄》) Op.55

《c小调第五交响曲》(《命运》) Op.67

《F大调第六交响曲》(《田园》) Op.68

《A大调第七交响曲》Op.92

《d小调第九交响曲》(附合唱) Op.125

舞台音乐

《莱奥诺拉》第三序曲 Op.72b

《艾格蒙特》序曲 Op.84

协奏曲

《降E大调第五钢琴协奏曲》(《皇帝》) Op.73

《D大调小提琴协奏曲》Op.61

室内乐曲

《F大调第五小提琴奏鸣曲》(《春天》)Op.24

《A大调第九小提琴奏鸣曲》(《克莱采》)Op.47

《降B大调第七钢琴三重奏》(《大公》)Op.97

小提琴曲与管弦乐

《F大调第二浪漫曲》Op.50

出品人：许　永
出版统筹：林园林
责任编辑：吴福顺
特邀编辑：陈珮菱
封面设计：刘晓昕
封面插画：北泽平祐
版式设计：张晓琳
印制总监：蒋　波
发行总监：田峰峥

发　　行：北京创美汇品图书有限公司
发行热线：010-59799930
投稿信箱：cmsdbj@163.com

创美工厂
官方微博

创美工厂
微信公众号

小美读书会
微信公众号

小美读书会
读者群